濡れたシャツのボタンに指をかけようとしたら、織田の唇が目に入った。

薄く開いたそこから覗く赤い舌が艶めかしい。

諒は自分の唇を舐めてから、お菓子をねだる子供のように云った。

「もっかいキスしていい?」

「いくらでも」

ふっと微かに浮かんだ笑みに胸が熱くなる。

背伸びをして口づけた唇は、何故か甘く感じられた。

溺れるカラダ

角川ルビー文庫

Contents

口絵・本文イラスト／陸裕千景子

溺れるカラダ

1

「う……寒……」

朝の冷え込みに目を覚まし、傍《かたわ》らにいるはずの温《ぬく》もりを引き寄せようと手を伸《の》ばす。けれど、そこにいるはずの飼《か》い猫《ねこ》はどこにもいなかった。

「……鈴《すず》……？」

布団《ふとん》の中をごそごそと探《さぐ》るけれど、温もりのあとさえ感じられない。

もう一眠《ひとねむ》りしようと思っていたのだが、鈴の行方《ゆくえ》が気になって目が覚めてしまった。諒《りょう》はベッドから抜《ぬ》け出し、洗面所で顔を洗ったあと、鈴を探しにリビングへと向かった。

鈴は諒が中学生のときに拾ってきてから、ずっと育てている三毛猫だ。

一人暮らしを始めるときに実家から連れてきたのだが、甘ったれで、家にいるときは諒にべったりだ。いつもは明け方にベッドの中に潜《もぐ》り込んでくるくせに、いったい今日はどこへ行ったのだろう。

「鈴ー？」

呼びかけても返事はない。室内を見回すと、ソファで寝《ね》ている男の腹の上で丸くなって眠《ねむ》っていた。

「そんなところで寝てたのか」

そのミスマッチな光景に思わず苦笑《くしょう》した。

理由はわからないが、どうやら鈴はこの男を気に入ったらしい。来客があるときはいつも隠《かく》れて出てこないような人見知りなのに、珍《めずら》しいこともあるものだ。

昨夜《さくや》、日付が変わろうかという頃《ころ》に帰宅した諒は、自宅マンションの前で酔《よ》い潰《つぶ》れて眠っていたこの男を見つけた。

一瞬《いっしゅん》、死体が転がっているのかと思ってギクリとしたけれど、呼吸に合わせて肩《かた》が上下しているのを確認《かくにん》してほっとした。

このご時世だ、仕事か何か嫌《いや》なことでもあって深酒をしたのだろう。

こういった手合いには関《かか》わらないほうがいいと思ったのだが、通りすぎようとした途端《とたん》、空に雪がちらつき始めた。

酷《ひど》く冷え込む夜で、このまま放っておいたら確実に凍死《とうし》してしまう。迷いに迷った末、やむなく拾って家に連れて帰ったのだ。

どこの誰《だれ》かもわからない男を助ける義理などないが、寝覚《ねざ》めの悪くなるようなニュースは見たくない。

（人の気も知らないで……）

諒のお陰《かげ》で、男はいまもぐっすりと眠っていた。ずいぶんと気持ちよさそうだが、いつまでも寝かせておくわけにはいかない。

「おい、いつまで寝てる気なんだ。そろそろ起きろよ」

諒は無精髭《ぶしょうひげ》が生え、髪《かみ》に寝癖《ねぐせ》のついた男を揺《ゆ》すり起こした。

「ん……？」

だが、男は微《かす》かに顔を顰《しか》めただけで目を覚まそうとはしない。

男の腹の上で寝息を立てていた鈴も寝惚《ねぼ》け眼《まなこ》で顔を上げたけれど、すぐにまた丸くなってしまった。いいベッドができたとでも思っているのだろうか。

「まったく……」

鈴を抱《だ》き上げて床《ゆか》に下ろしたあと、枕《まくら》代わりのクッションを引き抜いた。不満を訴《うった》えるように鳴く鈴を無視し、手にしたクッションを男の顔の上に載《の》せた。

寝起きの悪い人間には、この方法が一番いい。そのまま押さえつけて数秒後、男は死にそうな顔で飛び起きた。

「っぷは！」

効果があったことに、諒は満足の笑《え》みを浮《う》かべる。

「おはよう。やっと起きたな」

「おは……え？　あ、君は——」

男は肩で息をしながら、諒の顔を見て何度も目を瞬《またた》いた。どうやら、状況《じょうきょう》が把握《はあく》できずに困《こん》惑《わく》しているらしい。

それも無理はないだろう。いきなり死にそうな目に遭《あ》って起きたかと思ったら、見知らぬ場所で見知らぬ人間が傍《そば》にいたのだから。

「あんた、ウチのマンションの前で酔い潰れて寝てたんだよ。放っておこうかと思ったんだけど、雪が降ってきてたからウチに連れてきたんだ。あのまま放っておいたら凍死してたかもな」

「酔い潰れて……」

事情を説明してやると、徐々《じょじょ》に顔色が変わっていった。

きっと、昨夜の記憶《きおく》が蘇《よみがえ》ってきているのだろう。酒に飲まれて醜態《しゅうたい》を晒《さら》したことに、自責の念に駆《か》られているに違《ちが》いない。

「大変だったんだからな、重いし、酒臭《くさ》いし、服はどろどろだし」

わざとらしくため息をついてみせると、男はバツの悪い様子で頭を下げた。

「本当にすまない。ずいぶんと迷惑をかけて、どう詫《わ》びたらいいか……」

「冗談《じょうだん》だよ。別にそんなに大変だったわけじゃないし、よくあることだから気にすんなって」

思わず噴《ふ》き出した諒の言葉に、男は表情を曇《くも》らせた。

「よくあるって、君はしょっちゅう知らない人間を拾ってくるのか？」

「まあ、いつもは犬とか猫とかだけどな。さすがに人を拾ってきたのは初めてだよ」

諒は幼い頃から何かを拾うことがよくあった。キラキラ光る石ころだったり、蟬《せみ》の抜け殻《がら》だったり、拾った財布《さいふ》を交番に届けてご褒美《ほうび》をもらったこともある。

犬や猫を連れ帰っては母親を困らせることも少なくなかった。そのため、実家には猫が二匹《ひき》に犬が一匹《ぴき》いる。飼いきれない子たちは必死に里親を探したものだ。

けれど、人間を拾って帰ったのは初めてだ。いくらなんでも、引き取り手を探す必要はないだろう。

「猫……」

からかわれたとわかった男は苦虫《にがむし》を嚙《か》み潰したような顔で呟《つぶや》いた。その足下《あしもと》に鈴が遊んでくれと云《い》わんばかりに擦《す》り寄っていく。どうやら、この男を相当お気に召《め》したらしい。

「その子も俺が拾ってきたんだ。ウチに来たばっかの頃、鈴のついたおもちゃが好きだったから鈴。普段《ふだん》はすげー人見知りなんだぜ。あんたずいぶん気にいられたみたいだなぁ」

「鈴、か。もしかして、この子の寝床《ねどこ》を取ってしまったのかな」

名前を呼ばれ、男に首のあたりを指で撫《な》でてもらうと、気持ちよさそうに目を細めた。

「いや、いつもは俺んとこで一緒《いっしょ》に寝てるんだけどさ。今朝見たら、あんたの腹の上で寝てたよ。よっぽど寝心地《ねごこち》がよかったのかもな」

「何となく苦しい気がしたのはそのせいか……」

「で、あんた名前は？　まさか、名前までつけろとは云わないよな」

いまさらかと思ったが、名前がわからないままでは不便だと思って訊《たず》ねてみた。

「織田《おだ》だ。織田柾臣《まさおみ》」

「織田さんね、家はどこ？　仕事のついでに送ってくよ。この近くなの？　つーか、ここがどこなのかわかんないか」

「家は……」

送っていってやると云ってるのに、何故《なぜ》か織田は視線を逸《そ》らし、言葉を濁《にご》してはっきりと答えようとしない。その様子に、一抹《いちまつ》の不安が脳裏《のうり》を過《よ》ぎった。

（もしかして、帰る家もないとか…？）

着ていたコートは汚《よご》れてはいたけれど、質はいいものだった。スーツも吊《つ》るしのものには見えない。

しかし、着ているものが上質なものだとしても、いまの生活に余裕《よゆう》があるとは限らない。資《し》金繰《きんぐ》りが上手くいかずに全《すべ》てを失う会社経営者もいるとテレビで見たことがあるし、彼もその類なのかもしれない。

「あー、まあ、話しにくいことがあるなら無理に云わなくていいよ。人にはそれぞれ事情があるもんな。まあ、元気出せよ。生きてれば、そのうちいいこともあるだろうしさ」

下手《へた》に追及《ついきゅう》して愚痴《ぐち》を聞かされたりしたらたまったものではない。乾《かわ》いた笑いを浮かべながら、慰《なぐさ》めるように肩をぽんぽんと叩《たた》いてやる。

腫《は》れ物に触《さわ》るような態度に変わった諒に、慰められた織田は眉根《まゆね》を寄せる。

「……君には俺はどう見えてるんだ？」

「いや、その、会社が上手くいかなくて自棄酒《やけ》でもしてきたのかなーと……」

勝手に予想していたことを包《つつ》み隠さず答えると、織田は肩を竦《すく》めてため息をついた。

「まあ、そのほうがよっぽどまともな理由だな」

「じゃあ、何なんだよ」

「ただ羽目を外して飲みすぎただけだ」

その投げやりな答え方に、自らの行動を後悔《こうかい》しているのがわかる。だが、人生の一大事ではなかったことに、諒はほっとした。

「何だ。じゃあ、リストラされて酔い潰れてたわけじゃないんだ」

「一応、仕事はしてるよ。会社からしばらく休めと云われたんだが、それまで仕事ばかりしていて、とくにしたいことも思いつかなくてな。家にいても落ち着かないから、旧友を呼び出して飲みに行ったってわけだ」

「普通《ふつう》、強制的に休まされたりするか？　やっぱり、リストラみたいなもんなんじゃ…？」

「どうだろうな。もしかしたら、肩叩《かたたた》きのつもりなのかもな」

それが事実なら笑っている場合ではないのではなかろうか。

「マジで大丈夫《だいじょうぶ》なのかよ」

「心配ない。昨日はタクシーで帰ってきたところまでは覚えてるんだが、そのあとの記憶がないから、多分そこで潰《つぶ》れたんだと思う」

「情けねーな。いい大人なんだから少しは自制しろよ」

「本当に面目《めんぼく》ない」

「ん？　帰ってきた？　ってことは、もしかして――」

ふと、肩《かた》を落とす織田の先ほどの言葉に引っかかりを覚える。言葉を途切《とぎ》れさせた諒の考えを読んだかのように、織田は云いにくそうに告げた。

「ああ、ここの二十一階に住んでる」

「マジで⁉　じゃあ、あんたかなりいいとこ勤めてるんだな」

「まあ、それなりにな」

このマンションの家賃は決して安くない。

管理人が常駐《じょうちゅう》しているほか、定期的に警備員が巡回《じゅんかい》していたり、防犯カメラがあらゆる角度でついていたりと、セキュリティがしっかりしているからだ。入居にあたっても、詳《くわ》しく身元を調べ上げられる。

下の階は単身者向け、上の階はファミリー向けと部屋の作りも違っており、それぞれ使用するエレベーターも分けられている。一階には来客用のロビーがあり、最上階には住人用のジムやカフェまで併設《へいせつ》されている。

自分はマスコミ対策で家賃の大半を事務所が出してくれているため、ここに住んでいられるけれど、普通の会社員の収入では到底《とうてい》無理だろう。

「だいたい、あんた何の仕事をしてるんだよ？　それなりの立場なら、そうそう長期休暇《きゅうか》なんて取れないだろ」

このマンションに住んでいるということを考えると、それなりの地位にあるはずだ。

いまのよれよれの姿を見る限り、勤めをしていることも信じられないが、人は誰《だれ》しも外見で仕事をしているわけではない。

少なくとも、一日黙《だま》ってパソコンの画面に向かっているようなタイプではない気がする。

「輸入関係ってところかな。別に暇《ひま》な仕事なわけではないんだが、有休が溜《た》まりすぎててな。このままだと部下が休みを取りにくいと苦情が出て、秘書に無理矢理《むりやり》スケジュールを調整されてしまったんだ。だから、あと二週間はすることがない」

肩を竦めて云う織田に、笑いを誘《さそ》われる。彼の部下はずいぶんと有能らしい。

「あんた立場弱いんだな」

「仕方ないだろう。普段、好き勝手やってるから頭が上がらないんだよ」

「見た感じ、ヘタレっぽいもんなー。仕事人間もいいけど、趣味《しゅみ》の一つもないと退職したあとダメ人間になるぞ」

定年退職後の生活へのアドバイスをしてやると、織田は力なく苦笑《くしょう》した。

「肝《きも》に銘《めい》じておくよ。……それで、一つ頼《たの》みがあるんだが」

「何？」

「できれば、今回のことは誰にも云わないでもらえないだろうか」

織田が自分のことを云い渋《しぶ》っていたのは、身元を知られたくなかったからかもしれない。会社の重役が酔《よ》い潰れて道端《みちばた》で寝《ね》ていたなんて、部下や知人に知られたら面目丸潰れだ。

「わかってるよ。面白《おもしろ》おかしく云いふらす趣味はないから安心しろ」

「それは助かる。しかし、目を覚ましたとき驚《おど》いたよ。夢を見ているんじゃないかと思ってしまった」

「え？」

「君は神宮司《じんぐうじ》諒だろう？」

名前を織田に呼ばれて驚いた。まだ自己紹介《しょうかい》はしていないはずなのに。

「何で俺のこと知って……」

驚く諒に対し、織田は何を驚いているんだと云わんばかりの顔で云った。

「モデルをしてるんだ。知られてて当然だろう」

「あ、そっか」

織田の告げた理由に納得《なっとく》した。まだ学生だから露出《ろしゅつ》はセーブしているけれど、諒はファッション誌などでモデルの仕事をしている。

その仕事量のわりに名が売れているのは、両親が有名だからだ。

父は実力派と云《い》われる映画俳優、母は若い頃《ころ》は美貌《びぼう》で名の知れた歌手。諒はモデルとしてというよりは、いわゆる二世タレントとして周知されていた。

「以前に駐車場《ちゅうしゃ》ですれ違《ちが》ったこともあるんだが、君は覚えてないだろうな」

「ごめん、全然覚えてない」

同じマンションの住人として挨拶《あいさつ》をしたかもしれないが、顔まではきちんと見ていなかったのだろう。

「しかし、少し無防備すぎやしないか？　君みたいな有名人がこんなどこの誰かもわからないような男を家に上げて大丈夫なのか？」

「仕方ねーだろ、あんたが全然起きないんだから」

どんなに強く揺《ゆ》すろうが、耳元で叫《さけ》ぼうが、目を覚まさなかった。具合を悪くしているのだとしたら救急車を呼ぼうかと思ったのだが、気持ちよさそうな寝息《ねいき》を立てていて眠《ねむ》っているだけのようだったので、家に連れて帰ることにしたのだ。

「警察を呼ぶとか、管理人に任せるとか、いくらでも方法はあったろう」

「あ、なるほど」

織田の言葉にぽんと手を打つ。昨夜は、自らでどうにかしなければということしか考えつかなかった。

「まったく、自分が有名人だって自覚がないのか？　それとも、俺がテレビや雑誌も見ないようなおっさんに見えるのか？」

「そういうわけじゃ――」

問いかけを否定しようとして、改めて織田の姿を眺《なが》める。髪《かみ》もぼさぼさだし、無精髭《ぶしょうひげ》も生えてるし、ファッション雑誌に興味があるようには見えない。

「とりあえず、シャワーでも浴びてこいよ。服も貸してやるからさ」

「いや、そこまで世話になるわけには……」

「その姿のままマンション内をうろついてたら、不審者扱《ふしんしゃあつか》いされるぞ。寝癖《ねぐせ》がすごいことになってるし、服もよれよれだろ」

そう指摘《してき》してやると、相槌《あいづち》を打つように鈴もにゃあと鳴いた。

織田はバツの悪い顔で頭の後ろに手をやり、寝癖のついた髪を掻《か》き回す。気まずげな表情をしている織田がおかしくて、諒は声を立てて笑った。


リビングのドアが開く気配がすると同時に、石鹸《せっけん》の爽《さわ》やかな香《かお》りが漂《ただよ》ってきた。

「色々とありがとう、助かったよ」

「気にすんなって。あ、バスタオルは洗濯機《せんたくき》に放り込んでおいてくれればいいから」

鈴に餌《えさ》をやっていた諒は、バスルームから出てきた織田の声に振《ふ》り返らずに答えた。

「わかった。着替《きが》えは今度、洗って返すよ」

「返さなくていいよ。それ、もらいものなんだけど、サイズが合わなくて余らせてたやつだからさ」

一八〇センチ近い諒よりも長身で体格のいい織田には、普段《ふだん》自分が着ている服では少しサイズが小さかった。そのため、海外ブランドの日本出店記念のノベルティとしてもらった大きめのスウェットを引っ張り出してきたのだ。

外出できる格好ではないけれど、マンション内を移動するぶんには支障はないだろう。

「あんたも何か食うか？　つってもシリアルくらいしか――」

鈴がドライフードを綺麗《きれい》に食べきったのを見届けてから立ち上がり、織田を振り返った諒は思わず絶句した。

さっきまでぼさぼさだった髪は濡《ぬ》れて後ろに撫《な》でつけられ、生えていた無精髭も綺麗に剃《そ》られている。

寝起きでぼんやりしていた顔もしゃっきりとし、まるきり別人のようになっていた。

（しかも、何だこの無駄《むだ》な色気……）

がしがしと拭《ふ》いている髪から滴《したた》る雫《しずく》が首筋を流れる様は、海外雑誌のグラビアのようだ。身に着けているのがスウェットでも、ここまで絵になるものかと感心する。

この男が道端に落ちていたのだと云っても、きっと誰も信じてくれないに違いない。

「どうかしたか?」

「……いや、あんた男前だったんだなーと思って」

両親の仕事の関係もあって、幼い頃から芸能人を見慣れている諒から見ても、いい男の部類に入るだろう。

目を瞠《みは》るほどの美形というわけではないけれど、不思議とその存在感に惹《ひ》きつけられる。こんなふうに、同性相手に不意打ちでドキドキするなんて初めてだ。

「そりゃ、どうも。君に見蕩《みと》れてもらえるなんて光栄だな」

「べ、別に見蕩れてたわけじゃねーよ」

「そうか?」

「そうだよ。そんなことより、あんた会社に行かないでいいわけ? 普通《ふつう》の会社って九時くらいには始まるんじゃねぇの?」

見蕩《みと》れていたことをごまかそうと、無理矢理話題を変えた。

「しばらく休みをもらったと云っただろう。今日、会社に行ったりなんかしたら、絶対に追い返される」

「そっか、そういやそうだったな。あ、そうだ、朝飯何食う? マドレーヌ食わないか? 美《う》味《ま》いぞ」

そう云って勧《すす》めると、呆《あき》れたような眼差《まなざ》しを向けられた。

「君はモデルのくせに朝からそんなものを食べてるのか？」

「別にいつもってわけじゃねぇよ。たまたま差し入れで持ってったのが残ったから、持って帰ってきただけだ」

「メシは腹が膨《ふく》れりゃいいってもんじゃないんだぞ。とくにモデルをしてるなら、もっと体に気を遣《つか》え」

「わかってるよ」

母親のような小言に、唇《くちびる》を尖《とが》らせる。さっきの諒の苦言への仕返しをされているかのようだ。

「本当にわかってるのか？　肉ばかりじゃなくて、野菜もきちんと摂《と》らないと――」

「はいはい、気をつけます」

口うるささに辟易《へきえき》していたら、電話が鳴った。助かったとほっとして、そそくさと受話器を取る。

「はい、神宮司」

『あ、仲里《なかざと》です。諒くん、連絡遅《おそ》くなってごめん』

電話をかけてきたのは、マネージャーをしてくれている仲里だった。年上なのに、腰《こし》の低い控《ひか》えめな喋《しゃべ》り方なのはいつものことだ。

「今日の撮影《さつえい》場所、どうなった？」

『やっぱり、ロケになったたって』

「へえ、例のとこ借りられたんだ」

今日の撮影は雑誌の特集に合わせて、イメージに合うレトロモダンな撮影場所を探しているとのことだったが、とある資産家所有の洋館を借りる許可が下りたらしい。

『うん、今日一日だけOKしてもらえたんだって。ただ、住宅街の中だから、近くに車を停《と》めるところがないみたいなんだ。あとでファックスで地図を送るから、タクシーで行ってくれるかな』

「了解《りょうかい》」

諒の場合、レギュラーの仕事などの慣れた現場やオーディションのときは、大抵《たいてい》マネージャーはついてこない。仲里が車の免許《めんきょ》を持っていないというのもあるけれど、自分一人で動いたほうが小回りが利《き》くからだ。

『ごめんね、僕が免許持ってないから送ってあげられなくて』

「いいって。その代わり、他《ほか》のことでがんばってくれてるじゃん。それにいま、教習所に通ってんだろ？」

『うん、一応……』

「そっちもがんばってよ。んじゃ、いつもみたいに現場に着いたらメール入れるから」

電話を切ると、すぐにファックスが送られてきた。その地図を見ながら家を出る時間を計算していると、織田が手元を覗《のぞ》き込んで云《い》ってきた。

「俺が送り迎《むか》えしてやろうか？」

「え？」

「タクシーだと帰りが面倒《めんどう》だろう？」

「いいよ、別に。そんな気を遣わなくても」

「気を遣ってるわけじゃない。暇《ひま》を持て余してるんだよ」

「いや、でも――あ、ちょっと待った」

そんなやり取りをしていたら、今度は携帯電話《けいたいでんわ》が鳴った。マネージャーが伝え忘れたことでもあるのだろうと思って、番号を確かめずに通話ボタンを押して耳に当てる。

「何ー？　他にも何かあった？」

『………』

電話の向こうから返答はなく、男のやや荒《あら》い息遣《いきづか》いが聞こえるばかりだった。

（しまった――）

最近よくかかってくる無言電話だと気づき、舌打ちして乱暴に電話を切る。そんな諒に織田が心配そうに声をかけてきた。

「どうしたんだ？」

「何でもない」

「何でもないって顔じゃないだろう。イタズラ電話か？」

「うん、まあ…」

真剣《しんけん》に問い詰《つ》められ、はぐらかすことができなかった。

無言電話をかけてきているのは、多分、熱狂的《ねっきょうてき》なファンの一人だろう。

初めのうちは熱心なファンレターや贈《おく》り物を送ってくるだけだったのだが、徐々《じょじょ》にその内容が気持ちの悪いものになってきた。

それと同時期から送り主のわからないメールが携帯に届くようになり、無言電話がかかってくるようになった。何度番号を変えても、どこかから漏《も》れてしまうらしく被害《ひがい》は収まらない。

着信拒否《きょひ》の設定をしても、電話番号を変更《へんこう》してかけてくる。他にはこれといった対策も浮《う》かばず、正直なところ困っていた。

モデルや俳優などの人気商売をしている限り、ある程度プライバシーを犠牲《ぎせい》にすることは仕方ないことだと覚悟《かくご》はしていたけれど、まさかストーキングされることになるとは思いもしなかった。

「その様子だと初めてってわけじゃないんだろう」

「うん、まあ、たまにね。でも、大丈夫《だいじょうぶ》だよ。いまのところ手紙と電話くらいで、とくに実害はないからさ」

不快ではあるけれど、実際に目の前に現れてはいないのだから、殊更《ことさら》気にする必要はないだろう。むしろ、びくびくと怯《おび》えて過剰《かじょう》に反応するほうが、犯人を喜ばせることになりそうで嫌《いや》だった。

軽い口調で告げた諒に対し、織田は一層渋《しぶ》い顔になる。

「何が実害がないだ。イタズラ電話は実害だろう？　警察には云ったのか？」

「一応、事務所の社長には相談したけど、モデルだったらこういうのはよくあることだしさ。警察にまで云わなくてもいいかなと思って」

「何を悠長《ゆうちょう》なことを云ってるんだ。こういうことを放っておいたら、どんどんエスカレートしていく可能性もあるんだぞ」

「ヘンに刺激《しげき》したほうがやばいことになるかもしれないだろ。とにかく、こういうのは放っておくのが一番なんだよ。そのうち、俺にも飽《あ》きるだろうしさ」

自分に非がなくても周囲で騒《さわ》ぎが起きれば、両親にも迷惑《めいわく》がかかるし、心配をかけることになる。それだけは避《さ》けたかった。

「お前は人の悪意を軽く見すぎてる。人が好《い》いのは美徳だが、もっと警戒《けいかい》心を持つべきだ」

「あんたこそずいぶんと心配症《しょう》だなぁ。とりあえず、しばらく様子見ってことでいいじゃん」

やたらと心配してくれる織田をまあまあと宥《なだ》めていたら、インターホンが鳴った。モニターには、マンションの管理人の顔が映っている。

「はーい、どうかしましたか？」

『宅配便が届いてるんですが、いまからお届けしてもよろしいですか？』

「あ、お願いします」

用心のために、宅配便や郵便物は全《すべ》て管理人に受け取ってもらうようにしている。基本的には宅配便業者を装って押しかけてくるマスコミ関係者対策なのだが、ストーカー対策にもなっている。

管理人が持ってきてくれた荷物は、片手で持てるほどの大きさだった。送り主の名に心当たりはなく、不審《ふしん》に思いながら開けてみると、見覚えのある字で書かれたカードが入っていた。

「これって……」

事務所に届いていた例のファンレターと同じ字体だ。つまり、イタズラ電話をかけてきている人物からということになる。

自分と同じ香《かお》りを纏《まと》って欲しいと書かれたカードと共に梱包《こんぽう》されていたのは、とある有名ブランドが出している定番のフレグランスだった。

「もしかして、さっきの無言電話のやつから？」

「多分、そうだと思う」

「同じ香りって云っても、これは男性ものじゃないのか？」

織田が不思議そうにしているのは、ストーキングをしているのが女性だと思っているからだろう。諒は苦笑《くしょう》しながら、その誤解を解いた。

「ああ、こいつは男だから」

「男…？」

「男女問わずモテモテで困るよ、ほんと」

冗談《じょうだん》めかして云う諒に対し、織田は一層表情を強張《こわば》らせた。

「相手が男なら、実力行使に出てくる可能性だってあるんだぞ。こうして住所まで知ってるんだ。もっと警戒すべきだ。次に何をしてくるかわからないじゃないか」

「とにかく、事を荒立《あらだ》てたくないんだよ。手を打つのは、もうしばらく様子を見てからでいいって」

そう強がりつつも、不快感は否《いな》めなかった。見ているのも嫌で、フレグランスの入った箱をゴミ箱に放り込もうとしたら、織田が止めに入った。

「不愉快《ふゆかい》な気持ちはわかるが、捨てないほうがいい。これは袋《ふくろ》か何かに入れて保存しておけ。警察に被害を訴《うった》えるとき証拠《しょうこ》になる。知人がストーカー被害で相談に行ったとき、証拠が必要だと云われたそうだ」

「いいよ、そんなの。警察に行くつもりはないって云っただろ」

事を荒立てるより、なかったこととして処理してしまったほうが楽だ。こんなことが世間に知れたら、ゴシップ誌やワイドショーで騒がれてしまう。

「だったら、俺が預かっておく。捨てるつもりだったんだからかまわないだろう？」

織田は何故《なぜ》ここまで拘《こだわ》るのだろう。申し出はありがたいけれど、自分にそこまで親身になってくれる理由がわからない。

疑問には思ったけれど、ダメだと云う理由もなかったため、投げやりに答えた。

「好きにすれば」

「やっぱり、今日は俺が送っていこう。帰りも迎えに行くから、終わったら連絡《れんらく》してくれ」

「いいって。そこまでしてもらう義理なんてないんだし」

やたら張り切ってる織田に引いてしまう。苦笑いしながら断りを告げるが、前のめりで云い返された。

「義理ならある。君は、いまごろ凍死《とうし》してたかもしれない俺の命の恩人だろう?」

「大袈裟《おおげさ》だなぁ。風邪《かぜ》引いてたかもしんないけど、凍死してたかもってのは冗談だよ」

「どちらにしろ、いま俺がぴんぴんしてるのは君のお陰《かげ》だ。暇を持て余してる間くらい、君のボディガードをさせてくれ」

織田の決意は固く、断れる雰囲気《ふんいき》ではない。結局、諒が折れるしかなかった。

「……わかったよ、好きにすれば」

「今日の撮影《さつえい》はこれで終了《しゅうりょう》です。お疲《つか》れ様でした！」

最後の写真の確認を終え、撮影の進行をしていたスタッフが終了を告げた。その声に、諒は全身の緊張《きんちょう》を解く。

件《くだん》の洋館での撮影を終えたあと、スタジオへと移動し、シチュエーションを変えたバージョンも撮《と》ることになったため、一日がかりになってしまった。

「お疲れ様でした。ありがとうございました」

カメラマンやスタイリストなどスタッフたちに挨拶《あいさつ》をし、着替《きが》えるために控《ひか》え室へと向かう。

今日の衣装はかっちりとしたものが多かったため、ずいぶん体が凝《こ》ってしまった。

(何とか終わってよかった……)

こういう日は寄り道せずに帰宅し、家でのんびりするのが一番だ。早く帰って鈴をかまい倒《たお》して癒《いや》されたい。

いつもより疲れてしまったのは、初めて顔を合わせるカメラマンが相手だったことも理由の一つかもしれない。慣れていないせいか、コミュニケーションが取りづらく、ずいぶん時間をロスしてしまった。

諒の撮影は大抵《たいてい》、菅《すが》というカメラマンが担当してくれているのだが、その彼が昨日、バイクに引っかけられて転び、手を骨折してしまったそうなのだ。

カメラを持てないのでは仕事にならないため、代理のカメラマンが来ることになった。

しかし、シャープで鮮《あざ》やかな写真を撮るカメラマンだったけれど、どうにも相性《あいしょう》がよくなかった。腕《うで》はよかったのだが、言葉の端々《はしばし》に滲《にじ》む自尊心が鼻につくタイプで、苛立《いらだ》ちが表に出ないようにしていたら、すっかり気疲《きづか》れしてしまった。

(早く菅さんが復帰してくれればいいんだけど)

仕事である以上、好き嫌《きら》いでクオリティに差が出るのはよくないけれど、やはり気心の知れた相手のほうが自然な表情が出せるような気がする。

諒は手早く着替えをすませ、片づけをしていたスタイリストのところに足を運んだ。さっき詳《くわ》しく聞けなかった菅の容態を訊《たず》ねようと思ったのだ。

「衣装、ここかけとけばいい?」

「うん、ありがと」

「ねえねえ、奈保子《なおこ》さん。菅さんの怪我《けが》の具合ってどうなの?」

ここのスタッフは入れ替《か》わりがほとんどなく、皆仲《みな》がいい。和気藹々《わきあいあい》としつつも、誰《だれ》もがプロ意識が高いため、諒にとってはどこよりも仕事のしやすい現場だった。

「さっき電話してみたら、骨折って云《い》ってもヒビが入っただけだって云ってた。だから、すぐに復帰できるんじゃない? 近いうちに、みんなでお見舞《みま》いに行こうかって話してるんだけど、諒くんも行く?」

「行く行く。詳しいことが決まったら連絡してよ」

「わかった。でも、菅さんも災難よねぇ。ひき逃げに遭《あ》うなんて」

「ひき逃げ⁉」

事故ということまでは聞いていたけれど、ひき逃げされたのだとは思いもしなかった。逃げたドライバーは、菅が大した怪我ではないとでも思ったのだろうか。

「マンションを出たところでバイクがすぐ横を掠《かす》めていったんだって。ナンバーを隠《かく》したハーレーだったって云ってた。事故っていうよりわざとっぽかったって云ってたんだけど、菅さんって恨《うら》みを買うようなタイプじゃないし……」

「確かに菅さんに限って、恨まれて狙《ねら》われるってありえないよね」

誰に対しても腰《こし》が低くて優《やさ》しい彼は友人も多く、どこの現場でも好かれている。撮影の腕も確かだが、その人柄《ひとがら》も相俟《あいま》ってあらゆるところから引き合いがくる売れっ子だ。

「じゃあ、無差別な嫌《いや》がらせってことなのかな」

「ホント、嫌な世の中になったわよね…」

不特定に向けられた悪意を取り締《し》まるのは難しいだろうけれど、警察には早く犯人を捕《つか》まえてもらいたい。

「犯人も捕まってもらいたいけど、菅さんの怪我も早く治るといいよね。来月の撮影までには復帰しててくれるといいなぁ…」

「あ、やっぱり、今日やりづらかった？」

答える。

呟《つぶや》きに本音が滲んでしまっていたようだ。周囲に人がいないことを確認しつつ、声を潜《ひそ》めて答える。

「まあ、ちょっとだけね。今回のゴシックっぽいテーマには合ってたと思うけど、彼の写真って人間味が薄《うす》い気がするんだよね」

「腕はいいけど質《たち》が悪いって評判の人だからねぇ」

「マジで？」

姐御《あねご》肌《はだ》で慕《した》われている奈保子は業界内に知り合いが多く、かなりの情報通だ。

「よく云えば芸術家肌で、一緒《いっしょ》に仕事したことある人は口を揃《そろ》えて『二度と仕事したくない』って云ってるって。内心じゃ、ファッション誌なんて見下してるんじゃないかなぁ」

「じゃあ、何で今日来たの？」

意に染まぬ仕事なら、引き受けなければいいだろうに。

「今回は代わりのカメラマンを探してるときにたまたま連絡があって、試《ため》しに頼《たの》んでみたらオッケーだったんだって。もしかして、諒くんがメインだったからとか……」

「あはは、まさか」

諒は笑って否定したけれど、奈保子は心配そうな表情を変えることはなかった。

「撮影中だって必要もないのにベタベタ触《さわ》ってきてたじゃない。気をつけなさいよ？」

「ご忠告、痛み入ります」

心配してくれるのはありがたいが、諒まで不安そうにしたらますます心配させるだけだ。わざと慇懃《いんぎん》な態度で頭を下げてみせると、奈保子もやっと口元を緩《ゆる》ませた。

「ヘンなことされたら、私に云うのよ？　とっちめてやるから」

「うん、頼《たよ》りにしてる」

大企業《だいきぎょう》の上役の中には、タレントは枕《まくら》営業をするものだと思い込んでいるような輩《やから》が存在する。奈保子は、そういった男たちからさりげなく女の子を庇《かば》うのが上手《うま》かった。

「あ、諒くん、このあとの予定は？」

「速攻《そっこう》帰るよ。留守番させてる猫《ねこ》がお腹空《なかす》かせて待ってるし」

「もう、相変わらず飼い主バカなんだから。今日は車で来てないって云うから、久々に一緒に飲みに行けると思ったのに〜」

奈保子の言葉に、織田が迎《むか》えに行くから連絡しろと云っていたことを思い出した。絶対に一人で帰るなと怖《こわ》い顔で厳命されたけれど、あの過保護すぎる言動にはげんなりとしてしまう。

（あの人、心配しすぎなんだよな）

諒のことをお人好《ひとよ》しだと云うけれど、初対面の諒のことをあそこまで親身になって考えてくれる織田も、相当人が好《い》いと思う。

このスタジオからなら、地下鉄を使って帰れば自宅まですぐだ。わざわざ連絡することもないだろう。

「また今度誘《さそ》ってよ、奈保子さん。飲みすぎには気をつけてよ」

「うるさいわね。次は絶対につき合ってもらうからね！」

「はいはい、わかりました。あ、旦那《だんな》さんによろしく！　それじゃ、お先に失礼します」

「気をつけて帰るのよ」

軽口を叩《たた》き、笑い合いながら別れた。スタッフそれぞれに声をかけてスタジオを出ると、すでに外は暗くなっていた。

「寒っ」

吹《ふ》きつける風の冷たさにコートの襟元《えりもと》を手で寄せ、首を竦《すく》める。手の甲《こう》に冷たいものが当たる感触《かんしょく》に、小雨《こさめ》が降り始めたことを知った。

天気予報では雨が降るのは日付が変わってからだと云っていたのに、少し早まったみたいだ。やはり織田に迎えを頼めばよかっただろうかと後悔《こうかい》していると、後ろから摑《つか》むように肩《かた》を叩かれた。

「神宮司くん、お疲れ」

背後にいたのは、さっきまで奈保子と噂《うわさ》していた今日のカメラマンの加藤《かとう》だった。肩に触《ふ》れたままの手が不快で思わず数歩後退《あとずさ》ってしまう。

顔が引き攣《つ》りかけたが、苦手なタイプだからと云って無闇《むやみ》に感情を態度に出すわけにはいかない。諒は鍛《きた》えられた表情筋を駆使《くし》して笑《え》みを返した。

「お疲《つか》れ様です」

加藤は黒いレザーのコートを羽織り、夜だというのにサングラスをかけている。いかにも業界人ですと云わんばかりの出《い》で立ちに、内心で苦笑《くしょう》する。

「今日はごめんね。僕が不慣れだったからやりにくかったろう？　普段《ふだん》はあんまり男性モデルを撮《と》らないから、どうにも勝手がわからなくてね」

「いえ、大丈夫《だいじょうぶ》ですよ。最初はちょっと戸惑《とまど》いましたけど、勉強になりましたし、一緒に仕事できてよかったです」

本音を云えばやりにくくて仕方なかったのだが、今後どこでまた一緒に仕事をすることになるかわからないため、差し障《さわ》りのない感想を口にする。

「そう云ってもらえるとほっとするよ。神宮司くんは僕の撮る写真をどう思う？」

「そ、そうですね……。シャープでアーティスティック…？　何ていうか、一枚が作品って感じ…かな？」

聞こえのいい言葉を選んではいるけれど、褒《ほ》めているわけでは決してない。ファッション誌の写真の場合、モデルやモデルの着ている服が主役でなくてはならない。読者の購買《こうばい》意欲を刺《し》激《げき》するものになっていなければならないのだ。

その点に関して、加藤の写真は不合格だ。モデルが一つの素材にしかなっておらず、撮影者《さつえいしゃ》のエゴが押し出された『作品』になっていた。

だが、諒の言葉に加藤は気をよくしたようで、それまで以上に口が滑《なめ》らかになった。

「君ならわかってくれると思ってたよ！　写真は一つの作品でなければならない。誰《だれ》かに媚《こ》びるようなものであってはならない。君もそう思うだろう？」

「はあ…」

熱く語り始めた加藤に、引き気味になる。

「そうだ、このあと時間ないかな？　よかったら一緒に飲みに行かないか？」

「はい？」

「君と、もっとじっくり話をしてみたい」

「あー…その、お誘いは嬉《うれ》しいんですが、明日も早いんで……」

まさか、初対面でお誘いがかかるとは思わなかった。愛想《あいそ》よくしすぎただろうかと後悔するけれど、もう遅《おそ》い。

「一杯《いっぱい》だけでいいからつき合ってよ。これからファッション誌の仕事も増やそうと思ってるんだが、色々と教えてもらいたいこともあるんだ。帰りは家まで送っていってあげるよ」

「あの、でも」

「お腹も減っただろう？　いい店を知ってるんだ。ご馳走《ちそう》するからさ」

「いやでも、ちょっ、加藤さん!?」

目の前でちょうど客を降ろしたばかりのタクシーに押し込まれ、逃げ出す暇《ひま》もなかった。

無理矢理《むりやり》タクシーに乗せられて連れていかれたのは、大通りから裏路地に入ったところにある小さなクラブ風の店だった。

「やー、強引《ごういん》でごめんね」

「い、いえ…」

愛想笑いを返しながら、内心では「まったくだよ」と悪態をついていた。

加藤の強引さを考えると、途中《とちゅう》で席を立つのはそう簡単ではないだろう。こういうとき、八方美人な自分が恨《うら》めしい。

(やっぱり、織田さんに連絡《れんらく》しようかな…)

迎えが来れば、帰るきっかけになるだろう。

彼に甘えるのは気が引けるけれど、歳の近い友人では一緒に引き止められてしまう可能性があるし、普段から遊び歩くことにいい顔をしていないマネージャーには頼りづらい。

その点、織田なら迫力《はくりょく》負けすることはないだろう。顔見知りらしい店員と何やら話をしている加藤の目を盗《ぬす》み、カウンターの下で手早くメールを打って送信した。

「神宮司くん、苦手なものってないよね？　つまみとかてきとうに頼んじゃっていいかな」

「あ、はい、お願いします」

「ここの生ハムとモッツァレラチーズのクロスティーニがすごい美味《おい》しいんだよ。メニューには載《の》ってなくて、常連しか知らないんだけど」

「はあ、そうですか」

美味しいものを人に勧《すす》めることは諒も好きだけれど、加藤の自慢《じまん》げな口ぶりは微妙《びみょう》に引っかかりを覚える。

「とりあえず、乾杯《かんぱい》しよっか」

バーテンダーが加藤の前にはビール、そして、諒の前には細身のグラスに満たされたカクテルを置いた。何故《なぜ》同じものではないのだろうかと不思議に思いつつも、冷えたグラスを持ち上げる。

「君と僕の出逢《であ》いに乾杯」

「…………」

いまどきドラマでも耳にしない陳腐《ちんぷ》な言葉に頬《ほお》が引き攣る。そんな諒に気づくことなく、加藤は上機嫌《じょうきげん》でグラスをカチンとぶつけ、ビールを一息に呷《あお》った。

諒も飲まずにいるわけにはいかず、仕方なくカクテルに口をつける。

（……ん？　何だろう、グレープフルーツだからか？）

シャンパンベースのグレープフルーツ味のカクテルは確かに美味しかったけれど、後味に少し苦味を感じた。

ジンなども混じっているようで、飲みやすさのわりにアルコール度数は高そうだ。飲みすぎには気をつけたほうがいいだろうが、比較的《ひかくてき》酒には強い体質なので、一、二杯《はい》くらいなら問題はないだろう。

「そのカクテルどう？　それもここのオリジナルなんだけど」

「あ、ええと、美味しいです」

「よかった。お腹空《なかす》いてるだろうから、軽食も頼《たの》んでおいたよ。足りないようなら云《い》って」

「ど、どうも」

「実は以前から君のことは気になってたんだ。一度、撮ってみたいと思ってね。本当ならああいう雑誌なんかの仕事は引き受けない主義なんだけど、モデルの中に神宮司くんがいると聞いてOKしたんだよ」

「へえ、そうだったんですか」

誇《ほこ》りを持ってやっている仕事を見下され、カチンと来る。きっと、褒め言葉として云っているのだろうけれど、いまの云い方は不愉快《ふゆかい》でしかない。

加藤はその後も終始自分の話ばかりをし、一人で悦《えつ》に入っていた。

（早く帰りたい……）

彼との弾《はず》まない会話にげんなりしていたせいか、出された生ハムとモッツァレラチーズのクロスティーニとやらの味は正直よくわからず食は進まなかった。

それでもできる限り愛想よく相槌《あいづち》を打っていたら、急に視界がぐらりと揺《ゆ》らめいた。

「……っ」

カクテル一杯で酔《よ》うような体質ではないはずなのに、頭の中がぐらぐらする。普段の酔い方とはまったく違《ちが》う感覚に諒は狼狽《うろた》えた。

(何だこれ……)

いくら疲れが溜《た》まっていたといっても、頭を力任せに揺さぶられるような目眩《めまい》を覚えるとは思えない。そのとき、カクテルのグラスの底にグレープフルーツの果肉に混じって白い粉のようなものが沈《しず》んでいるのを見つけた。

(くそ、油断した)

きっと、加藤に薬を盛られたのだろう。

芸能人の子供だから遊び回っているだろうと思って近寄ってくるような輩《やから》に、違法《いほう》な薬物を勧められることもあったけれど、諒はそういったものに手をつけることは一切《いっさい》なかった。

むしろ、そういった類《たぐい》のことは軽蔑《けいべつ》している。大勢で盛り上がることは好きでも、羽目を外しすぎた騒《さわ》ぎは好ましくない。

このまま薬が回ってきたら、何をされるかわからない。どうにかして、加藤より先にこの店から出なければ。

危《あや》うくなってきている思考を必死に巡《めぐ》らせていると、加藤は白々しく問いかけてきた。

「気分が悪そうだけど、大丈夫？　酔っちゃった？」

「ええ、少し。でも、大丈夫《だいじょうぶ》です」

(酔っちゃった？　じゃねぇよ……)

不快に思っていても、馴《な》れ馴れしく肩《かた》に触《さわ》ってくる手を振《ふ》り払《はら》う力が出ない。吐《は》き気などはないけれど、目眩は酷《ひど》くなっていく一方だ。

「奥に個室があるんだけど、そこで休ませてもらおうか？」

「！　い、いえ、本当に平気ですから」

個室に連れ込まれたら、それこそ助けなど呼べなくなる。

「気を遣《つか》わなくていいよ。ここのオーナーは気心の知れた友人なんだ。少し歩けるかい？　支えてあげるから、僕に寄りかかってごらん」

「外の空気を吸えば、よくなると思います」

そう云って、カウンターのスツールから降りる。膝《ひざ》から下が崩《くず》れ落ちてしまいそうになるのを、カウンターに摑《つか》まって何とか耐《た》えた。

「体を冷やすのはよくないよ。無理しないで横になったほうがいい。さあ、おいで」

腰《こし》に手を回され、ぞくりと悪寒《おかん》が走る。突《つ》き飛ばしてやりたくても、いまはそんな余力もない。悔《くや》しさに歯嚙《はが》みしたそのとき、パシンと加藤の手がはたき落とされた。

「気安く触らないでもらえるかな」

不機嫌《ふきげん》な声が聞こえたかと思うと同時に、強い力で抱《だ》き寄せられた。見上げると、織田がそこに立っていた。

昨夜とは違うコートとスーツを身につけた織田は、店にいる全《すべ》ての人間が目を奪《うば》われるほどの迫力を放っていた。

「あんた、何なんだ」

加藤は虚《きょ》をつかれたように狼狽える。織田はさらに威圧《いあつ》するように、冷ややかな目で見下ろして云った。

「俺は諒の保護者だよ」

「保護者？」

織田は怪訝《けげん》な顔をする加藤を無視し、諒に語りかけてくる。

「遅《おそ》くなってすまなかった。道が混《こ》んでてね。何だ、もう酔ったのか？　明日は朝早いんだから、飲みすぎるなと云っておいただろう」

親しげな物云いはわざとなのだろう。加藤には見えない角度で目配せをされる。織田の演技に合わせて、これみよがしに甘えてみせる。

「たくさんは飲んでないんだけど、ちょっと疲《つか》れてたみたいで……」

「そうか。だったら、早く帰ろう。君、すまないが、会計を頼むよ。それと彼の上着を出して

もらえるかな」

「は、はい、少々お待ち下さい」

支配者のオーラを放つ織田に、店員は居住まいを正す。織田は諒のコートを受け取ると、自分の財布《さいふ》から札を抜《ぬ》いてテーブルに置いた。

「釣《つ》りはいらん」

「お、おい——」

「失礼」

織田は何か云おうとした加藤の言葉をぴしゃりと遮《さえぎ》り、諒を抱《かか》えるようにして店を出た。外に出ると、先ほどの雨がやや強くなっていた。

だが、頬に当たる冷たさはむしろ心地《ここち》いいくらいだった。

(助かった……)

危機から逃《のが》れられたことにほっとし、織田に体を預ける。車のところまで支えてもらい、シートを倒《たお》した助手席に寝《ね》かせてもらった。

「悪かったな、面倒《めんどう》なことに巻き込んで」

「謝る必要はない。俺のほうこそ遅くなってすまなかったな。店の場所がわかりづらくて時間がかかってしまった」

「俺も上手《うま》く説明できなくてごめん。あのへん不案内でさ」

「それと、その、ああいう態度を取ったほうが話が早いと思ったんだが、まずかったか…？」

つき合っているふりをしたことを云っているのだろうが、織田が機転を利《き》かせてくれたお陰《かげ》で加藤に引き止められずにすんだ。

「いや、マジで助かった。ありがとな」

織田が来てくれなかったら、いまごろ何をされていたかわからない。撮影《さつえい》中のセクハラくらいなら我慢《がまん》するが、薬を盛られて好きにされるなんてまっぴらごめんだ。

「それにしても、何だってあんな男についていったんだ」

「今日のカメラマンだったんだよ。仕事の関係者だから無下にもできなくて、断りきれなくてさ…」

「本当に君は無防備すぎる。少しは人を疑うことを覚えたほうがいい。そうしないと、どんな目に遭《あ》うかわからない」

「はいはい、これから気をつけます」

体が気怠《けだる》くて、真面目《まじめ》に説教を聞く気にならない。織田から顔を背《そむ》けて、額の上に手の甲《こう》を載《の》せた諒は、体が熱っぽくなってきていることに気がついた。

(何だ、これ……)

全身がふわふわとしていて、不思議と心地いい。体の奥から湧《わ》き上がってくる熱は中心部へと集まっていく。

飲まされた薬は性的な感覚が増幅《ぞうふく》される類のものだったようだ。多分これは、アルコールと共に摂取《せっしゅ》すると効果が増すという、いま評判の薬だろう。

それらの噂《うわさ》を信じるなら、時間が経《た》てばそのうちに効果が切れるはずだ。だが、効果が切れるまでどれだけ待てばいいのか見当もつかない。

こうしている間にも腰《こし》の奥が疼《うず》き出し、徐々《じょじょ》に呼吸が荒《あら》くなってきた。前が苦しくなり、無意識に足を擦《こす》り寄せる。

「大丈夫か？　そんなに強い酒を飲まされたのか？」

「いや…多分、何か薬を盛られたんだと思う」

「薬⁉」

諒の言葉に織田は顔色を変え、車を細い路地に停《と》めた。そして、諒の首筋に手の甲を当てて体温を測りながらますます表情を曇《くも》らせた。

「熱があるな……。警察に行くか？　いや、その前に病院に――」

「余計なことすんな！」

思わず、声を荒らげた。そんなことをしたら、マスコミに嗅《か》ぎつけられる。勝手に盛られたのだとしても、薬物中毒と書き立てられたらその汚名《おめい》を雪《そそ》ぐのは容易ではない。

「……ごめん、怒鳴《どな》って。でも、警察も病院もまずいんだ」

諒の切実な声音《こわね》に、織田もその意図を察してくれたようだ。

「わかった、病院はやめておこう。そうだ、俺の友人の医者に往診《おうしん》を頼《たの》もうか？」

「いい、放っておけば治まるだろうし」

諒は織田の申し出を固辞した。こんな姿は誰《だれ》にも見せたくない。

布地の硬《かた》いジーンズの中で張り詰《つ》めた自身が苦しいと訴《うった》えている。横に織田がいなければ、自分で慰《なぐさ》めて少し楽になることもできたけれど、この状況《じょうきょう》ではそうもいかない。

せめて、体の変化を知られないよう体を丸めた。だが、織田に隠《かく》しきることはできなかった。

「薬って、そういう薬か」

「……っ」

苦々しい呟《つぶや》きにギクリとする。自分が悪いわけではないのに、罪悪感のようなもので胸がざらついた。

「服を緩《ゆる》めたほうが楽になるんじゃないか？　恥《は》ずかしがってる場合じゃないだろう」

「……うん、そうだよな……」

優《やさ》しい言葉に唆《そそのか》されるようにして、ウエストに手を伸《の》ばす。だが、上手く指が動かせない。

ベルト一つに四苦八苦していると、織田が手助けしてくれた。

腰の締《し》めつけが緩み、ほっとする。

「どうだ？」

「ちょっとマシになったかも」

苦しさは軽減したけれど、余裕《よゆう》ができたぶん質量が増した気もする。

「ボタンも外したほうがいいんじゃないのか？」

「そうだな」

「お前は寝てろ。俺がやってやる」

「え、ちょっ、それはまず――……っあ！」

ボタンが外され、堅《かた》く噛《か》んでいたファスナーが降りていく微《かす》かな振動《しんどう》に、震《ふる》えが走った。快感としか云《い》いようのない感覚に、昂《たか》ぶりが一層張り詰める。

諒が思わず上げた甘い声に、織田は狼狽《ろうばい》した表情を見せた。

「す、すまん、大丈夫《だいじょうぶ》か？」

「だ、大丈夫……」

などと云いつつも、熱くて痛くて苦しかった。

本音を云えば、いますぐ自身を擦り上げて、欲望を吐《は》き出してしまいたい。だが、そんなことができる状況でないことは承知している。

（早く帰りたい）

しかし、マンションに着いたとしても、いまのままで自力で歩くことができるだろうか。数時間もすれば効能は切れるだろうが、その間何もしないで耐《た》えていられる自信はない。

本能と理性の間で揺《ゆ》れていると、織田がとんでもない提案をしてきた。

「君が嫌《いや》でなければ、その……俺がしてやろうか？」

「い、いいよ！　自分でするから」

「だったら、俺は外に出てよう。煙草《たばこ》を吸ってるから、終わったら呼んでくれ」

「それもちょっと……」

この寒空の雨の下に車の中から追い出すわけにはいかないし、自慰《じい》が終わるのを横で待たれるのも微妙《びみよう》だ。

「だが、辛《つら》いんだろう？」

「そうだけど――」

どうにかしたいという欲求はどんどん高まってきている。だけど、ぼうっとした頭では上手く思考も働かず、どうしていいかわからなかった。

「……仕方ない。すぐすむから、目を瞑《つぶ》って少しだけ我慢してろ」

「え⁉　ちょ、何する気……っ」

織田にシートの背もたれを倒されたかと思うと、ウエストから手を差し込まれ、ジンジンと疼いている昂ぶりを直《じか》に握《にぎ》られた。

「すごいことになってるな。これじゃかなり辛いだろう」

「やめ…あ、や……っ」

それを緩く扱《しご》かれただけで快感が突《つ》き抜ける。

織田の手を引き剝《は》がそうとするけれど、自分の指に力が入らない。そうこうしている間も織田は愛撫《あいぶ》を続け、諒を追い詰めていく。

「や、こ…なとこでっ……ぁん！」

「大丈夫だ。こんな雨の夜に出歩いてるやつなんていないし、車の中なんて外からは見えない」

「んな、ことっ……」

「いいから力を抜《ぬ》け」

「あ、や、放し…て……っ」

「ただの処理なんだ。余計なことは考えるな」

「そんなこと無理……っ、んん、ん」

織田はそう云って、もう片方の手で目を塞《ふさ》いできた。視界が遮《さえぎ》られたぶん意識が一点に集中し、淫《みだ》らに動く指の動きを追ってしまう。

(やばい、すげー気持ちいい)

薬のせいなのか、それとも織田の手技が巧《たく》みなのか、いままで味わったことがないほど気持ちよかった。

やめてくれと口では云いながらも、もっと強い刺激《しげき》が欲しくて腰《こし》が勝手に動く。自身を擦りつけるような動きをする諒を揶揄《やゆ》することなく、織田は手の動きを速めてきた。

「あ、ぅ、んん……っ」

「ほら、出しちまえ」

「や、あ、あぁ…っ」

痛いくらい張り詰めていた昂ぶりは、先端《せんたん》を爪《つめ》で引っかかれただけで簡単に弾《はじ》けてしまった。びくびくと腰が跳《は》ね、下着が生暖かく濡《ぬ》れる。

だけど、体の中で渦巻《うずま》く熱は一向に治まる気配がなく、それどころかより深い快感を求めて疼いていた。

「まだ治まらないみたいだな」

「……っ⁉」

諒のズボンと下着が膝《ひざ》のあたりまで引き下ろされる。まだ硬く張り詰めている自身が、ひやりとした外気に晒《さら》された。それと同時に目元から手が外され、視界がクリアになる。

「なっ……」

芯《しん》を持って勃《た》ち上がったそれは濡れそぼり、さらなる刺激を待っていた。自らの現状を目《ま》の当たりにし、羞恥《しゅうち》で顔が熱くなる。

自身をシャツの裾《すそ》で隠そうとしたけれど、それよりも先に吐き出した体液を塗《ぬ》りつけるように指を絡《から》められた。

「ひぁ…っ」

「我慢《がまん》しなくていい。楽になるまでしてやるから、好きに感じてろ」

「や、ダメ、やだ……っあ、んん、んん」

根本の膨《ふく》らみもまとめて弄《いじ》り回されると、体の奥から甘い感覚が湧《わ》き上がってくる。恥ずかしくて死にそうなのに、もっと触《さわ》って欲しいと思う自分も否定できなかった。

諒は年齢《ねんれい》のわりに、経験は豊富なほうだと思う。だが、こんなにも余裕のない衝動《しょうどう》は初めてだった。

「終わったら全部俺のせいにしていい。いくらでも怒《おこ》られてやる。だから、どこがいいか教えてくれ」

低い声が耳元で甘く唆してくる。こんなふうに囁《ささや》かれたら、誰だって素直《すなお》になってしまうに違《ちが》いない。

「ン、あ、そこ……っ」

「ここか?」

「ぁあっ、や、あ…!」

ねだれば、そのとおりの刺激が与《あた》えられる。薬のせいで敏感《びんかん》になった体を高められていく感覚に、なけなしの理性が薄《うす》らいでいく。

(どうしよう、キスしたい)

さっきから優しい言葉をかけてくれる唇《くちびる》から目が離せない。

ただの厚意《こうい》で触《ふ》れてくれていると頭ではわかっているつもりでも、もっと深く混じり合いたいという欲求を抑《おさ》えきれなかった。

「ん…っ」

「！」

織田の頭を引き寄せて、噛みつくように口づける。唇を貪《むさぼ》り、舌を捩《ね》じ込むと、織田は驚《おどろ》いた様子で硬直《こうちょく》したけれど、やがて応《こた》えてくれるようになった。

「んん、ふ……っ」

搦《から》め捕《と》った舌を吸い上げて甘噛《あまが》みすると、同じようにしてくれる。暗い車内に、唾液《だえき》の絡む濡れた音が響《ひび》いた。

（やばい、すげぇ気持ちいい……。こいつ、キスも上手《うま》いなー…）

何度も角度を変えてキスを続けている間も、執拗《しつよう》に責め立てられる。強く巻きつけられた指で上下に擦《こす》られ、限界近くまで追い立てられた。

「んぅ、ン、んん、んー…っ」

キツく締《し》めつけていた指を緩《ゆる》められると同時に、舌を痺《しび》れるほど強く吸い上げられた。その瞬間《しゅんかん》、頭の中が真っ白になる。二度目の絶頂の声は、口づけに消えた。

「……っは」

唇が離れると同時に目を開けると、織田も熱の籠《こ》もった目をしていた。もしかして、と思って、織田の足の間に手を伸《の》ばしてみる。

「……あんたのも硬《かた》くなってんじゃん」

「そりゃ、俺も男だからな」

諒の指摘《してき》に、織田は苦笑いした。諒を慰《なぐさ》めているうちに、つられて興奮してしまったのだろう。申し訳なく思い、深く考えずに切り出した。

「俺、手伝おうか？」

「かまわん、放っておけばそのうち治まる」

さっきの自分と同じようなことを云《い》う織田に、諒は小さく噴《ふ》き出した。

「でも、俺ばっかじゃ悪いし」

そう云いながら、織田のベルトに手をかける。ウエストを緩めて目的のものを引きずり出すと、すでにかなり張り詰《つ》めていた。

「こら、勝手に何してる」

「遠慮《えんりょ》すんなって。どうせなら一緒《いっしょ》に気持ちよくなったほうがいいし」

一方的な行為《こうい》は恥《は》ずかしいけれど、お互《たが》いに醜態《しゅうたい》を晒せば恥ずかしさは分かち合える。

半勃ちになっていたそれは、諒が緩く扱いてやるとぐんと体積を増す。その反応のよさが楽しくなり、指を一層淫らに絡みつけた。

「おい、さすがにそれ以上は洒落《しゃれ》にならない」

「いいじゃん、俺ばっかじゃ悪いだろ」

狼狽《うろた》える織田の様子がおかしくて、引き寄せた耳元にふっと息を吹《ふ》き込んでやると、織田は小さく悪態をついた。

「くそっ」

そして、ジャケットを乱暴に脱《ぬ》ぎ去り、ネクタイを引き抜いて襟元《えりもと》を寛《くつろ》げたあと、諒の上に覆《おお》い被《かぶ》さってくる。

「後悔《こうかい》するなよ」

「ん……っ」

ガクンとシートが後ろにずらされたかと思うと、喉元《のどもと》に嚙《か》みつかれた。織田は歯を立てた部分に舌を這《は》わせ、捲《まく》れ上がっていたシャツの裾から手を差し入れてくる。

「あ、ん……！」

肌《はだ》を撫《な》で回していた織田の手は、やがて小さく尖《とが》った胸の突起《とっき》を捕らえた。指の腹で押し潰《つぶ》すように捏《こ》ねられるたびに、弱い電流が走り抜ける。

諒は挑発《ちょうはつ》が功を奏したことに気をよくし、ズボンを蹴《け》り落とした足で織田の腰を引き寄せて、重なった二つの昂《たか》ぶりをまとめて握《にぎ》り込んだ。

「……っ」

絡めた指で強く擦ると、織田も顔を埋《うず》めた肩口《かたぐち》で熱い吐息《といき》を零《こぼ》しながら腰《こし》を動かしてきた。硬いもの同士が擦《こす》れ合う感触《かんしょく》に快感を覚え、諒はそれまで以上に高い声を上げる。

「あ、は…っ、ぁあ…っ」

肌触《はだざわ》りを楽しむかのように脇腹《わきばら》や腰回りを撫でていた手が、少しずつ下りてくる。腰から太腿《ふともも》にかけてのラインをゆっくりと往復したあと、丸みを帯びた部分を揉《も》みしだいてきた。

指が皮膚《ひふ》に食い込む感触が落ち着かず、身動《みじろ》いでしまう。

「ん、ぁ、あ…っ」

揉み解《ほぐ》すように尻《しり》を撫で回していた指が不意に、秘《ひ》めた場所にある窄《すぼ》まりに触れた。

「……っ」

その瞬間、ぴくりと下腹部を震《ふる》わせた諒を織田は見逃《みのが》さなかった。前から滴《したた》り落ちた体液で濡れたそこを撫でながら訊《き》いてくる。

「ここは使ったことあるのか？」

「あ、ん……っ、指、くらいなら……」

同性と関係を持ったことはないけれど、遊び慣れた年上の女性にベッドに引き摺《ず》り込まれたときに少しだけ弄られたことがある。とは云え、心理的に簡単に許せる場所ではない。

「なら、少しくらいなら平気か」

「ちょ、待っ――――ン…ッ」

諒の制止は聞き入れられず、ぐっと指先が中に押し込まれた。織田はその指で、無遠慮《ぶえんりょ》に中を探《さぐ》ってくる。

「や、あ……っ、抜《ぬ》けってば……！」

男の指をあっさりと受け入れた自分の体に戸惑《とまど》いを覚えた。狭《せま》いその場所は侵入《しんにゅう》する異物を拒《こば》むことなく、柔《やわ》らかく包み込んでいる。

織田は指を小刻みに動かし、入り口を解していく。

「痛くはないだろう？」

「痛くは、ない、けど……っ」

そういう問題ではない。何となく、そこを許すか許さないかが重要な一線だと思うのだ。

だが、弱々しい抵抗《ていこう》をしている間も浅い部分で抜《ぬ》き差しを繰《く》り返され、どんどん意識がそこに集中していってしまう。

「ん、ぅ、やめ…っ、あ、あっ」

「やめろと云うわりに感じているようだが」

「うるさ…っ、それとこれとは……っぁン！」

ぐりっと内壁《ないへき》を指先で抉《えぐ》られ、背中が撓《しな》る。諒の弱点を見つけた織田は嬉《うれ》しそうに口の端《はし》を引き上げると、一度指を引き抜いた。

「な…に……？」

「ちょっと待ってろ」

織田はそう云って、車のグローブボックスからハンドクリームのチューブのようなものを取り出した。クリームをたっぷり指に取ると、それをべったりと足の間に塗《ぬ》りつけてきた。

「つ…ッ」

そのクリームを指に纏《まと》い、今度は二本まとめて諒の中へと突《つ》き入れてきた。増やされた指でさっきよりも乱暴に内壁を掻《か》き回された。先ほどよりも滑《なめ》らかな動きで感じやすい部分を掠《かす》められるたびに、諒の体はびくびくと跳《は》ねた。

「あっあ、やだ、やめ、ぁあ…ッ」

いままで感じたことのない快感に戸惑い、首を横に振《ふ》りながら泣き言めいた懇願《こんがん》をする。だが、織田は容赦《ようしゃ》なかった。

「誘《さそ》ったのは誰《だれ》だ？ 俺は後悔するなと云っただろう」

「だって……っん、んー…っ」

もう喋《しゃべ》るなと云わんばかりに、口を塞《ふさ》がれる。指と舌の動きに思考回路さえ麻痺《まひ》していく。何度も指を抜き差しされているうちに、その場所がひくついてくる。

くちくちと聞こえてくる淫《みだ》らな音が自分の体で立てられてるのだと思うと、それだけで体温が上がってしまう。いつの間にか、未知の感覚への恐怖《きょうふ》も消えていた。

気が遠くなるほど執拗に解されたあと、再び指が引き抜かれた。

違和感《いわかん》と不慣れな快感が去ってくれたことにほっとしたのも束《つか》の間、屹立《きつりつ》の先端《せんたん》が蕩《とろ》けた窄まりを探ってくる。

その先の行為に不安を覚える間もなく、切っ先が捩《ね》じ込まれた。

「んっ……――」

灼熱《しやくねつ》の塊《かたまり》がじりじりと体の中を押し広げながら侵入してくる。内側から溶《と》かされていくような感覚が不思議と心地《ここち》よかった。

「う、ん……っ」

「苦しくないか？」

「キツいけど、平気……」

覚悟《かくご》していたよりは楽に飲み込めたことに拍子抜《ひようしぬ》けしていた。だが、素直《すなお》な感想を口にした諒に、織田は苦い顔をする。

「お前はまたそういうことを……」

「え…？」

「俺のほうが限界だって云ったんだ」

「ぅあ…っ」

織田は諒の腰を指が食い込むほど強く摑《つか》み、一度強く突き上げた。そして、繋《つな》がりが深くなったまま揺《ゆ》すられる。

「あっ、あ、や、ぁ……っ」

初めはセーブしていたようだったけれど、だんだんと動きが激しくなってきた。シートが軋《きし》むほどの突き上げに、押し出される声も抑《おさ》えきれない。

他人のリズムで追い上げられることが初めてで、主導権を奪《うば》い返すこともできず、ただ翻弄《ほんろう》される。

もうお互《たが》いに軽口を叩《たた》く余裕《よゆう》もない。荒《あら》い呼吸を交わらせるように時折唇《くちびる》を絡《から》めながら、高みへと上っていく。

「も、いく、いかせて……ッ」

「いいよ、諒。何度でも、望むだけイカせてやる」

「あ、あ、あ――……っ」

どくんっと欲望が爆《は》ぜると同時に、深く穿《うが》たれていた楔《くさび》が一息に引き抜かれる。喪失感《そうしつかん》に震える下腹部に、生暖かいものが飛び散った。

（――ありえないだろ……）

熱に浮《う》かされた時間はいつまでも続くものではない。霧散《むさん》していた理性が戻《もど》り、お互い平静に返ると、車の中は気まずい空気でいっぱいになった。

もし可能なら二人ぶんの記憶《きおく》を消してしまいたい。時間を巻き戻せるなら、それでもいい。

現実にはそのどちらも不可能だということは重々承知しているが、現実逃避《とうひ》くらいしていたかった。

「すまん、調子に乗った」

「……いや、俺のほうこそ……」

薬の影響《えいきょう》があったとは云《い》え、最終的に織田を煽《あお》ったのは諒のほうだ。

(さっきの俺はどうかしてたとしか思えない。いや、まあ、実際どうかしてたんだけど……)

後ろを許すことには抵抗があったけれど、強引《ごういん》に穿たれたあとからはそれすらどうでもよくなった。二人でひたすらに快感を追い求め、それこそ何度達したかわからない。

認めたくないけれど、これまでの経験の中で一番気持ちよかった。

(俺ってそっちの気《け》が……？　いや！　これは薬のせいだって！)

お陰《かげ》で薬の効果だったと思われる熱っぽい疼《うず》きは綺麗《きれい》に消え去ってくれたが、激しい運動による疲労《ひろう》は色濃《いろこ》く残っていた。

「あー、その、ここんとこご無沙汰《ぶさた》でさ、何て云うか俺、欲求不満だったんだと思う」

沈黙《ちんもく》が居たたまれず、聞かれもしない云い訳を口にする。

「恋人《こいびと》はいないのか？」

「現在、募集中《ぼしゅうちゅう》。しばらく前に片想《かたおも》いが玉砕《ぎょくさい》してから、こいつだって相手に出会えなくて。うわ、よく考えたら三ヶ月以上いないかも」

遊び回っていると思われているようだが、これまで真面目《まじめ》な交際しかしてこなかった。少なくとも、自分ではそう思っている。

浮気《うわき》や二股《ふたまた》は論外だし、体だけの関係も好ましいとは思わない。だからこそ、さっきの自分の行動は信じられないものだったのだ。

(しかも、俺が掘《ほ》られるほうって……)

恋愛《れんあい》において性別は関係ないと思っているけれど、自分が抱《だ》かれる立場になることは想定外だった。しかも、意外に適性があったことに我ながらショックを受けた。

「なるほど。ずいぶん溜《た》まってると思ったら、そういうことだったのか」

「うるせぇ、あんただって相当がっついてたじゃねーか」

「それは……仕方がないだろう……」

織田は歯切れ悪く云い澱《よど》む。

「何が仕方ないんだよ。そんなものまで使っておいて」

ダッシュボードの上に投げ出されたままのハンドクリームに視線を投げると、織田はバツの悪い顔になった。

「云い訳になるが、それは商品に触《ふ》れる手が荒《あ》れていると困るから常備していただけだ。他意があって置いておいたわけじゃない」

「まあ、いいか。そういうことにしといてやるよ。あんたさ、やたら手慣れてたけどゲイなの？」

織田は何か云いたげな顔をしたが、一度云おうとした言葉を飲み込み、諒の問いに答えた。

「いや、同性とはこれが初めてだ」

「ふぅん、なら俺と一緒《いっしょ》か」

物慣れた手つきに思えたけれど、よく考えたら基本的なことは男女でそう違《ちが》うわけじゃない。あとは同性相手ということに対して、物怖《ものお》じするかしないかだけだろう。

「お互い初めてなら、おあいこだよな。今回のことは、不慮《ふりょ》の事故ってことでお互い忘れようぜ」

正確に云えば抱かれた自分のほうが分が悪い気はするけれど、いちいち騒《さわ》ぎ立てるほうが情けない気がして、強がらずにはいられなかった。

「お前はそれでいいのか？」

敢《あ》えて軽く告げた諒に対し、織田は簡単に受け流そうとはしなかった。無理に浮かべた笑《え》みが引き攣ってしまう。

「それ以外どうしろって云うんだよ。責任取れって云われても困るだろ？」

「誰が困ると云った？　介抱《かいほう》するはずが、君に負担をかけることになったんだ。謝罪だけですむとは思ってない」

生真面目にそう云う織田に頭が痛くなってくる。

「んな堅苦《かたくる》しいことはいいって。あんたのお陰、ある意味助かったわけだしさ」

「しかし――」

「だから！　俺が忘れて欲しいって云ってんの!!」

引き下がろうとしない織田に、ギリギリまで堪《こら》えていた本音をやむなく白状した。

誰《だれ》にも見せたことのないような痴態《ちたい》が、知り合ったばかりのこの男の頭の中に残っていることが耐《た》えられない。

諒は赤くなった頬《ほお》を見られたくなくて顔を背《そむ》け、熱くなった額を冷たい窓ガラスにくっつける。

「……わかった。君がそうして欲しいなら、忘れるよう努力しよう」

「頼《たの》むよ」

再び、車内に沈黙が降りる。雨を切り裂《さ》くようにして走る車は、すぐにマンションへと帰り着いた。

「……じゃあ、これで」

「部屋まで送っていく」

「いいよ、女の子じゃあるまいし」

「何云ってる。ストーカー被害《ひがい》に遭《あ》ってるのに、男も女もないだろう」

そうやって押し問答《もんどう》をしながらエントランスに入っていくと、青い顔をして管理人が待っていた。

「神宮司さん！　おかえりなさい、待ってたんですよ」

「管理人さん、どうしたんですか？」

　ただごとではない様子に、否応《いやおう》なく緊張《きんちょう》が走る。

「さっき、防犯カメラを見ていたら顔をマスクとニット帽《ぼう》で隠《かく》した怪《あや》しい男がポストに何かを入れていったんですよ。それで、怪しいと思って見てみたんですが……」

「何があったんですか？」

「説明するより、見てもらったほうがいいと思います」

　管理人に促《うなが》されるままにポストの表へと回った。このマンションのポストは、エントランスの横に外向きに設置されている。

「うわ……」

「これは酷《ひど》いな」

　諒の部屋番号が書かれたポストには、バツを描《えが》くように硬《かた》いものでつけたような傷がつけられていた。どんな意図があるのかはわからないが、明らかな悪意を感じる。

　イタズラ電話の相手と同一人物の仕業《しわざ》に違《ちが》いない。

「やっぱり、警察に通報したほうがいいでしょうか……？」

「あー…ちょっとそれは……」

　普通《ふつう》なら被害届を出すべきなのだろうが、そのことがマスコミなどに知られたらいいネタにされてしまう。そうなれば、当面は静かな生活が送れなくなるだろうし、両親にも迷惑《めいわく》をかけることになる。

著名人が多く住まうマンションのため、口籠《くちご》もる諒の様子に管理人も事情を察してくれた。

「でしたら、しばらく警備員の巡回《じゅんかい》を増やしてもらうことにします。それで、ひとまず様子を見ましょう」

「お願いします。お手数おかけしてすみません」

管理人に改めて礼を云い、頭を下げる。面倒《めんどう》なことになったと肩《かた》を落としていた諒は、冷静な織田の声に我に返った。

「ポストの中も確認《かくにん》してみたほうがいい」

「あ、ああ、そうだな」

マンションの中に入り、何も入っていませんようにと祈《いの》りながらロックを外して中を覗《のぞ》く。しかし、諒の祈りは通じることはなく、分厚く膨《ふく》らんだ白い封筒《ふうとう》が入っていた。

「……やっぱり」

「同じやつからか？」

「多分、そうだと思う」

これまでも長々と想いを何枚も書《か》き綴《つづ》った手紙が送られてくることはあったけれど、今回の厚みはその比ではない。

その場で開封《かいふう》するのもどうかと思い、織田にも部屋に来てもらうことにした。封の端《はし》に鋏《はさみ》で切れ目を入れ、ぱんぱんに膨れた封筒から中身を引っ張り出す。それは全《すべ》て写真のようだった。

「これって――」

写真を捲《めく》っていくたびに、血の気が引いていく。そのどれもが諒を撮《と》った写真だった。

「盗撮《とうさつ》されてるようだな」

「全然、気がつかなかった……」

諒の手元を覗き込んできた織田も苦い表情になった。

外を歩いているときのものだけでなく、撮影《さつえい》現場で撮ったと思われる着替《きが》えの最中や、体の一部をクローズアップしたものもある。

自分の体のパーツなのに、何故《なぜ》か剝《む》き出しの胸元《むなもと》や腰《こし》のラインがやけに卑猥《ひわい》に見える。これらの写真からは諒を性的な対象として見ていることが伝わってくる。

写真から撮影者の息遣《いきづか》いが伝わってくるようで、背筋を悪寒《おかん》が走り抜《ぬ》けた。ある程度は有名税のようなものだと思っていたけれど、ここまでくると薄気味《うすきみ》悪《わる》い。

「大丈夫《だいじょうぶ》か？」

「あ、ああ……」

どんなに平静を装っているつもりでも、動揺《どうよう》が顔に出てしまっていたのだろう。咄嗟《とっさ》に表情を取り繕《つくろ》おうとしたけれど、強張《こわば》った頰は上手《うま》く動かなかった。

「この写真もフレグランスと一緒に預かっておこうか？」

「……頼む」

「ちょっと座ってろ。いま、お茶を淹《い》れてくるから。キッチン借りるぞ」

織田は諒をソファに座らせ、キッチンへと行った。同じマンションなら、部屋の作りもあまり違いはないのだろう。

諒はソファの背もたれに体を預け、大きく息を吐《は》いた。

（何で俺ばっかりこんな目に……）

どんな芸能人にも熱心なファンはいるものだ。だが、ここまで質《たち》の悪いタイプに執着《しゅうちゃく》されることになった理由がわからない。

いったい、どう対処すればいいのだろうか。事務所の社長に云《い》ったところで、できることは引っ越《こ》しをするくらいだろう。

両親に相談すれば、実家に帰ってこいと云われるのがオチだ。そうすれば母親にまで怖《こわ》い思いをさせることになってしまう。

警察に訴《うった》えたとしても、この程度の被害では動いてくれるとは思えない。犯人がどこの誰かわかっていれば告訴《こくそ》のしようもあるけれど、正体がはっきりしていない状態ではそれも無理だ。

（くそっ、どうすりゃいいんだ）

八方塞《はっぽうふさ》がりの現状に苛立《いらだ》ちを抑《おさ》えきれずにいた諒の脇《わき》に、いつの間にか寄ってきていた鈴が寄り添《そ》っていた。

「鈴、ごめんな。すぐご飯用意するから」

心なしか心配そうな様子で見上げてくる鈴を抱《だ》き上げて、ふかふかの毛皮に顔を埋《うず》める。不安だったり淋《さび》しかったりするときは、昔からこうして鈴に慰《なぐさ》めてもらうのだ。

温かな感触《かんしょく》に癒《いや》されていると、コトリと小さな物音がした。はっとして目を開けると、目の前に湯気の立つマグカップが置かれていた。

「キッチンにあったものを勝手に使わせてもらった」

「……ありがとう」

「その子にも温《ぬる》くしたミルクを作ってみたんだが、飲ませてもかまわないか？」

「うん、ミルク好きだから喜ぶよ。ほら、鈴。ミルクもらっておいで」

床《ゆか》に下ろして促すと、心配そうに振《ふ》り返りながらも、専用の器《うつわ》が置いてあるところへ軽《かろ》やかに歩いていった。

手を伸《の》ばした温かなカップからは紅茶とミルクの優《やさ》しい香《かお》りがしている。冷ましながら一口啜《すす》ると、じんわりと温かさが体中に染《し》みていった。

「美味《うま》い。ミルクティなんて久々に飲んだな」

「口に合ったならよかった。それにしても、お前の冷蔵庫の中、酒と牛乳と猫缶《ねこかん》しか入ってなかったぞ。まともな食い物と云えばマドレーヌだけ。どういう食生活してんだ？」

織田はそう云いながら、隣《となり》に腰を下ろした。

「悪かったな。料理はしないんだよ」

「しないじゃなくて、できないの間違《まちが》いじゃないのか？」

「うるせぇ」

軽口を叩《たた》き合っていたら、少しだけ気持ちが楽になった。

「少しは落ち着いたか？」

「……みっともないところを見せて悪かったな」

「そうやって無理に取り繕わなくていい。こういう問題は一人で抱《かか》え込んでいても解決しないだろう」

「……っ」

伸びてきた織田の手が諒の頭に触《ふ》れる。その優しい感触に、思わず瞳《ひとみ》が揺《ゆ》れた。

「俺が君に拾われたのも何かの縁《えん》なんだ。俺でよければ頼《たよ》ってくれ。伊達《だて》に歳は食ってない。それなりの人脈は持っているつもりだ」

「織田さん……」

真摯《しんし》な眼差《まなざ》しで告げられ、胸が熱くなる。関係ない人を巻き込むわけにはいかないと思いつつも、織田の言葉は励《はげ》みになった。

「一つ提案があるんだが、しばらく恋人《こいびと》のふりをするのはどうだろう」

「恋人のふり？」

切り出された提案に思わずぎょっとする。

「君をストーキングしてるのは男なんだろう？」

「う、うん」

「あの写真を見る限り、君に性的な欲望を覚えているように感じる」

「……っ」

織田の目にもそう見えるのなら、諒が感じた嫌悪《けんお》感は間違っていないということだろう。

「となると、男の恋人がいると知れば、何かしらの行動に出るはずだ。いつまでもびくびく怯《おび》えていても埒《らち》が明かないだろう。それならいっそ、尻尾《しっぽ》を出させて明確な証拠《しょうこ》を押さえて捕《つか》まえてしまったほうがいいんじゃないかと思うんだが」

「でも、恋人のふりって云ったってどうすんだよ。あからさまに外でベタベタしてたら、それこそ週刊誌のいいネタにされる」

どうにかしてもらいたいという気持ちはあるけれど、騒《さわ》ぎにはしたくない。都合のいい望みだとわかっているが、自分のことで周囲に迷惑はかけたくなかった。

「そこまで露骨《ろこつ》なことをしなくても、犯人の癇《かん》に障《さわ》ればいい。毎回、俺が送り迎《むか》えをするだけでも気になるだろうし、同じマンションに入っていって翌日まで出てこないとなったら勘《かん》ぐるんじゃないか？」

「そうかもしれないけど……。それが上手くいったとして、そのあとどうすんだよ」

「相手は君のストーカーなんだ。俺が君の『特別』だと思ったら、俺がターゲットになるはずだ」

「なっ…そんなことしたら、あんたが何をされるかわかんないだろ⁉」

織田は大したことはないように云っているけれど、その計画が上手くいった暁《あかつき》には、どんな目に遭《あ》うかわからない。

元々世話焼きな性格ではあるようだけれど、それだけで身の危険を覚悟《かくご》してくれるとは思えない。昨日出逢《であ》ったばかりの自分のために、そこまでしてくれる意図が理解できなかった。

正義感からか、もしくは責任感からか。

それこそ、何かしらの下心がない限りは係《かか》わり合いになりたくないと思うのが普通《ふつう》だろう。

「俺なら大丈夫だ。それなりに鍛《きた》えてはいるし、友人に優秀《ゆうしゅう》な弁護士もいるしな。犯人が何らかの行動を起こしてきたら、俺が被害届《ひがい》を出せばいい」

「何で、そこまでしてくれるんだよ」

「ただの恩返しだよ。暇《ひま》な時間を無駄《むだ》に過ごすより、有意義に使ったほうがいいだろう？」

「恩返しって、一晩泊《と》めてやっただけだろ」

「気にするな。乗りかかった船から何もしないで降りたくないだけだ。もうしばらくの間、ボディガードをさせてくれ」

「気にするなって云ったって……」

下心でないとしたら、引け目を感じているからだろうか。

(……もしかして、さっきのこと気にしてんのかな)

忘れるとは云ってくれたけれど、罪悪感を覚えているのかもしれない。そういえば、終わったあと、相当青い顔をして身支度《みじたく》を手伝ってくれていた。

(それで気がすむなら、好きにさせてもいいか)

ボディガードと云っても、送り迎えをしてもらうくらいだ。休みは二週間と云っていたし、その間に大きく展開するとは思えない。

それに、二人でいるときに犯人が何かしかけてくるなら、対処のしようがあるだろう。

「じゃあ、あんたが休みの間だけってことなら。ただし、本格的に危険になったと思ったら、すっぱり手を引いてもらうからな。俺は俺のせいで誰《だれ》かが傷つくのは嫌《いや》なんだ」

「わかったよ。約束する」

諒が渋々《しぶしぶ》と頷《うなず》くと、面倒《めんどう》ごとが増えただけだというのに、織田は嬉《うれ》しそうな顔をした。

(物好きなやつだな)

せっかくの休みなら、もっと他《ほか》にすることはないのだろうか。

「いや、まあ、ないんだろうな……」

「何か云《い》ったか？」

「いや、独り言。ところで、あんたって刑事《けいじ》ものとか探偵《たんてい》ものとか好きだろ」

「ん？　嫌《きら》いじゃないけど、何でだ？」

「いや、何となく」

「そうか？　じゃあ、明日からのことを決めようか。しばらくは、送り迎えだけじゃなくて、仕事先にもついて行く。あの写真を見る限り、お前の仕事のスケジュールも把握《はあく》してるみたいだからな」

口元に手を当てて真剣《しんけん》に思案している織田におずおずと口を挟《はさ》む。

「いや、そこまでしなくても……」

「そこまでするような事態だろう。相手がどこに潜《ひそ》んでるかわからないんだ。お前はもっと警戒《けいかい》したほうがいい。しばらくは窮屈《きゅうくつ》な思いをさせることになるだろうが我慢《がまん》してくれ」

「でもさ、気持ちはありがたいけど、ずっとついて回るのは無理じゃないか？」

一日くらいなら、見学も許されるだろうが始終ついて回るとなると理由がいる。年齢《ねんれい》的に付き人はありえないし、マネージャーというなら事務所にも話をつけなくてはならない。

「大丈夫《だいじょうぶ》だ、職権を乱用するから」

「は？」

言葉の真意がわからずに首を傾《かし》げるが、織田は思わせぶりに笑うばかりだ。

「そのうちわかる。そういや、腹減ってないか？」

「あ、うん、減ってる…けど……」

加藤に連れていかれたバーでは、食事に手をつける間もなく意識が朦朧《もうろう》としてきたため、昼からまともな食事は摂《と》っていないことになるのだが、云われるまですっかり忘れていた。

「じゃあ、一緒《いっしょ》に来い。ウチでメシ食わせてやる」

「へ？」

「ほら、早く仕度《したく》しろ。ん？　お前も来るか？」

織田は足下《あしもと》に擦《す》り寄ってきた鈴を抱《だ》き上げ、諒の返事を待つことなく玄関《げんかん》へと足を向ける。

「ちょっ、待てよ！」

慌《あわ》ててソファから立ち上がり、さっさと行こうとする織田を追いかけた。

2

「いつまで寝《ね》てるんだ？　いくら春休みだからってだらだら過ごすのはよくないぞ」

朝、布団《ふとん》の中で微睡《まどろ》んでいたら、織田の声に起こされた。

「う…もうちょっと寝かせて……」

「猫《ねこ》はもう起きてるぞ。朝飯を作っておいたから、早く顔を洗ってこい」

この心地《ここち》よいひとときをまだ手放したくない。猫のように丸まって二度寝に入ろうとしたら、強引《ごういん》に布団を引き剝《は》がされた。

「なっ…!?」

朝のひやりとした空気が体を包み、一気に意識が冴《さ》え渡《わた》る。引き寄せるものが何もなくなり、諒は仕方なく目を擦《こす》りながら起き上がった。

「モデルの資本は体だろう？　もっと自己管理をしたほうがいい」

「余計なお世話だ」

「一人暮らしだからって自堕落《じだらく》な生活を送っていると、歳を取ったとき一気に体に出るぞ」

「わかった、わかりましたよ！」

何故《なぜ》こんな時間に織田がいるのかというと、昨夜も泊まっていったからだ。一人で平気だと云ったけれど、何があるかわからないからと押し切られたのだ。

昨夜は事務所から緊急《きんきゅう》の連絡《れんらく》がある場合はマネージャーが直《じか》に部屋まで来るだろうと判断し、電話の回線を抜《ぬ》き、携帯《けいたい》の電源を落としておいた。

そのお陰《かげ》か、いつもより安眠《あんみん》できた気がする。イタズラ電話を気にかけているつもりはなかったけれど、無意識に緊張《きんちょう》していたのだろう。

それでも、完全に眠気《ねむけ》が抜けたわけではない。欠伸《あくび》をしながら洗面所に行き、おざなりに顔を洗ってリビングへと向かった。

「コーヒーに砂糖は入れるのか？」

「ブラックでいいよ」

ぼんやりしながら席に着いた諒は、テーブルの上に並んでいるものを見て目を剝《む》いた。

栄養バランスは完璧《かんぺき》なのだろうが、普段《ふだん》は水だけですますことの多い諒にしてみたら、食べきれないほどの品数だ。

「何だこれ!?」

「朝飯だが？」

「朝からこんなに食えるか！　っていうか、この材料とか道具とかどうしたんだよ!?」

冷蔵庫には飲み物くらいしか入っていなかったはずだし、キッチンにはろくな調理道具も置いていない。

「ウチから持ってきた」

「…………」

そこまでするかと、げんなりする。

「残さず食べろよ？　もう少し筋肉をつけたほうが服が映《は》える」

「あんたは俺の母親か……」

「ついでに健康管理もさせてもらおうと思ってね。体力がないとモデルは勤まらないぞ」

云い返すのも面倒《めんどう》で、大きめに切られた野菜が山のように入っているスープに手を伸《の》ばす。

織田の作る料理はいわゆる『男の料理』だったけれど、昨夜の食事も美味《おい》しかった。

「あ、テレビつけていい？」

「何か見たい番組でもあるのか？」

「とくにないけど、情報を仕入れるのも仕事のうちだろ」

リモコンを向けてテレビをつけると、ちょうど芸能ニュースをやっていた。近日公開される映画の紹介《しょうかい》と共に、監督《かんとく》の来日を知らせていた。

「あっ」

慌てて体の向きを変え、テレビの画面に集中する。

「どうした？」

「これ、すげー楽しみなんだ」

その映画は諒が好きな監督、ルイ・ラザルスの作品だった。この新作の封切《ふうぎ》りに合わせて監督が来日しており、今日の試写会で舞台挨拶《ぶたいあいさつ》に立つことになっている。

欧米《おうべい》ではかなりの高評価を受けているのだが、日本ではまだそれほど有名ではない。そのため、試写会はあまり大きな映画館での上映にならなかったのだ。

とは云え、日本国内でも熱狂的《ねっきょう》なファンは少なくない。試写会に応募《おうぼ》してはみたのだが、倍率は相当高かったようで一つも当たらなかった。

「くそー、行きたかったなぁ、舞台挨拶」

「そんなに好きなのか?」

「うん、たまたま入った映画館でやってたのを見てからすげーファンなんだ。本国だとかなり高い評価をされてるのに、日本だとまだマイナー人気なんだよな。熱いファンはけっこういるんだけどさ」

ついつい熱く語ってしまうのは、それだけ彼の作品が好きだからだ。もっと多くの人に、素《す》晴《ば》らしさを伝えたい。

「へえ、そうなのか」

「今回の来日もファンの署名運動の成果みたいだし。せめて、もう少しでかい箱でやってくれれば試写会当たったかもしんないのにな」

もしもを云ってもどうしようもないが、ぼやくくらいは許して欲しい。次、また来日するかもわからないのだから。

「それこそ、父親に頼《たの》めば何とかなるんじゃないのか？　映画関係者には顔が利《き》くだろう」

「そりゃまあ、そうかもしんないけど……親父《おやじ》のコネはあんまり使いたくないんだよ」

ただでさえ七光りと揶揄《やゆ》されているのに、ミーハー的な望みを叶《かな》えるためにコネを利用したら何を云われるかわかったものではない。

「ま、新作が見られるだけで嬉《うれ》しいし。とりあえず、前売り券は四枚買ってあるんだ」

「そんなに見に行くつもりなのか？」

「うん。しばらくはＤＶＤにならないだろうし。あ、一枚やろうか？」

一人でも多くの人に見てもらいたいと思うのは、ファンの心理としては当然だろう。そのためなら、チケットの一枚や二枚は惜《お》しくはない。

「遠慮《えんりょ》して――いや、せっかくだから君が行くときに一緒に行かせてもらおうかな」

「来週の土曜が公開初日だから、午前中空けとけよ」

「わかった、手帳に書いておくよ。それで、今日の予定は？」

「十一時から雑誌の撮影《さつえい》。女性向けのファッション誌の特集記事だから、そんなに時間かかんないと思うんだよね。帰りに事務所にも寄ろうと思ってるから迎《むか》えはいいよ。事務所の誰《だれ》かに送ってもらえばいいし」

「マネージャーは運転できないんじゃないのか？」

おけよ」

「いや、顔を出すだけだ。それより、スタジオについたら更衣室《こういしつ》に隠《かく》しカメラがないか調べて
「何？　休みを切り上げられたとか？」

「わかった。俺も所用ができたから、そのまま会社に行ってくる」

「他《ほか》のスタッフに頼むよ」


「そっか、気をつけてみる……」

着替《きが》えを盗撮《とうさつ》されたのは違《ちが》うスタジオの控《ひか》え室でのことだったが、他のところにもカメラが仕かけられている可能性があるということだ。どこから情報が漏《も》れているのかわからない以上、用心するに越《こ》したことはない。

「信用できる人間がいるなら、それとなく協力を頼んでおいたほうがいいだろうな。とにかく、絶対に一人になるなよ」

被害《ひがい》に遭《あ》っている自分以上に神経質になっている織田の様子に、不謹慎《ふきんしん》ながら笑いが込み上げてくる。そのお陰で肩《かた》から力が抜けた。

「わかってるって。軽率《けいそつ》な行動はしないようにするから。あ、そうだ。スタジオ行く前に寄って欲しいところがあるから少し早く出たいんだけどいい？」

スタジオで撮影があるときは差し入れを持っていくようにしている。人間関係を円滑《えんかつ》にする目的もあるし、お世話になっているスタッフを労《ねぎら》う気持ちもある。

最近、同じ店でばかり買っているのは、別の理由があるのだが。

「どこに行きたいんだ？」

「ちょっと、差し入れを買いに行こうかなって。今日は女の子が多いから、甘いもの買っていったほうが喜ばれるしね」

訊《き》かれもしないのに云《い》い訳めいた理由をつけ加えたのは、少しだけ後ろめたさがあるからだ。

悪いことをするわけではないのだが、本当の目的を知られたら笑われるだろう。

きっぱりと振《ふ》られたにも拘《かか》わらず未練があるのは、初めて自分から好きになった人だからかもしれない。

（顔を見に行くくらいいいよな？）

差し入れを買いに行くと称《しょう》して、振られた相手に会いに行くのは我ながら女々《めめ》しいと思う。

しかし、彼の顔を見るだけで、何故《なぜ》かほっとできるのだ。しつこく云い寄っていたり、恋人《こいびと》との仲を邪魔《じゃま》しているわけではないのだから、話をするくらい許して欲しい。

自分の中の未練を除けば、いい友人関係を保てていると思う。

「寄り道はかまわないから、ちゃんとメシを食え。残すんじゃないぞ」

「はーい」

織田の小言に素直に返事をすると、さっきから喋《しゃべ》ることにばかり使っていた口にトマトを放り込んだ。

軽い足取りでパティスリー・アプリコットの入り口を潜《くぐ》ると、色とりどりのケーキが並んだショーケースの向こうで作業をしていた麻倉《あさくら》が振り返った。

「いらっしゃいませ。今日はずいぶん早いね」

麻倉が苦笑いしているのは、諒が春休みに入ってから差し入れを買うと称して、しょっちゅう通ってきているからだ。

彼は大学の友人であり、諒を振った片想《かたおも》いの相手でもあった。この店で彼の兄はオーナーパティシエをしており、休日は大抵《たいてい》麻倉が店頭に立っている。

麻倉に会いたければ、約束を取りつけるよりもここに来るのが一番だ。

「今日は撮影が十一時からだから。春休みだっていうのに忙《いそが》しくて参るよ」

普段《ふだん》仕事をセーブしているぶん、大学の長期休暇《きゅうか》のときは休みなく予定を入れられてしまうのだ。

「仕事が忙しいのはいいことじゃないか。それだけ、君を必要としてくれてる人がいるってことだろ？」

「まぁな、依頼《いらい》が多いのはありがたいんだけど、麻倉に会う時間があんまり取れないのが不満かな」

わざとらしく肩を竦《すく》めてみせると、麻倉は眉根《まゆね》を寄せた。

「また、そういうことを……。今日のご用は何でしょうか？」

「そうそう、スタジオに持ってくんだけど何がいいかな」

「だったら、シュークリームとかプリンとかのカップ系が食べやすくていいんじゃない？　ケーキだとお皿も用意しなくちゃいけなくなるし」

「そうだな。じゃあ、これとこれとそれを十個ずつ」

ショーケースの中のものを指さして注文する。いまは店が開いたばかりだから数も種類も豊富だけれど、昼を過ぎるとほとんど生菓子《なまがし》が姿を消す。

このパティスリー・アプリコットは休日ともなると行列ができることもある人気の洋菓子店なのだ。舌の肥えた諒が食べても感動するほど美味《おい》しいケーキばかりだから、その人気も当然だろう。

そんなに売れるのなら規模を大きくすればいいのにと云ったことがあるのだが、基本的に彼の兄が一人で切り盛りをしているため、手を広げるのは難しいらしい。

「ありがとうございます。少々お待ち下さい」

麻倉は手早くシュークリームやプリンのカップを専用の箱に詰《つ》めていく。そうして準備してくれるのを待ちながら、諒は唐突《とうとつ》に切り出した。

「ずっと訊きたかったんだけどさ、あいつとは上手《うま》くやってる？」

「は⁉」

諒の問いかけに麻倉は耳を赤くして手元を狂《くる》わせ、用意していたプラスチックのスプーンを取り落とした。

「な、何云って…っ」

床《ゆか》に落としてしまったスプーンを拾うため、麻倉の姿がショーケースの向こうに消える。身を乗り出すようにして覗き込むと、落ち着かない様子でそれらを片づけていた。

「ちゃんと大事にしてもらってる？」

「ご心配なく！」

珍《めずら》しく声を荒《あら》らげたのは、照れ隠しのためだろう。諒に背中を向け、新しいスプーンを覚束《おぼつか》ない手つきで引き出しから取り出している。

麻倉には高校生の恋人がいる。

「じゃあ、いまはラブラブなんだ。いいなぁ、幸せそうで」

「ら……っ」

「そんな照れなくてもいいのに」

「神宮司！　いい加減にしろよ！」

とうとう耐《た》えられなくなったのか、麻倉は振り返って諒を叱《しか》りつけてきた。けれど、真っ赤

な顔で怒《おこ》られても全然怖《こわ》くない。それどころか、あんまり可愛《かわい》くて相好が崩《くず》れてしまう。

初心《うぶ》な麻倉の反応が楽しくて、ついついからかってしまうのだ。

「ごめんごめん。でも、幸せならいいけど、そうじゃないなら俺はいつでも受け止めてやるからな」

冗談《じょうだん》めかして云っているけれど、本音も少しだけ混じっている。笑う諒に対して、麻倉は耳を赤くしたままむくれた顔で云った。

「お会計は五千四十円になります！」

「はいはい。あ、領収書もよろしく」

「かしこまりました」

口調は丁寧《ていねい》だけれど、拗《す》ねた表情は元に戻《もど》っていない。調子に乗ってからかいすぎてしまったようだ。

「あ、そうだ」

苦笑いしながら会計をすませた諒は、ふと思い立って手帳をカバンから取り出した。そこに挟《はさ》んであった前売り券を二枚引き抜《ぬ》いて、むくれたままの麻倉に差し出した。

「映画のチケットやるから機嫌《きげん》直せよ。高校生もそろそろ春休みだよな？　あいつと二人で行ってこい。どうせ、あんまりデートできてないんだろ」

「え、いいよそんなの」

麻倉はそれまで怒っていたことを忘れたかのように遠慮《えんりょ》する。そんなつもりで怒っていたのではないと云いたいのだろう。

「機嫌取りってのは建前で、俺が見に行って欲しいだけなんだけど。すげー好きな監督《かんとく》の新作でさ、一人でもたくさんの人に見てもらいたいわけ。何ならＤＶＤ貸してもいいし」

「へえ、そんなに好きなんだ？」

熱を込めて語る諒に、麻倉も少し興味を持ってくれたようだ。

「うん。まだ日本じゃそんなに有名じゃなくてさ、あんまりその監督について語れる相手がいないんだよな。麻倉なら絶対いいって云《い》ってくれると思う」

「じゃあ、買わせてよ。ただでもらうわけにはいかないし……」

「いいって。面白《おもしろ》いと思ったら、もう一回自腹で見に行ってよ。そんで、感想聞かせて」

一方的に勧《すす》めているのに代金までもらうわけにはいかない。

「わかった。じゃあ、ありがたくもらっておく。あ、ちょっと待ってて」

麻倉は一度奥に引っ込んだかと思うと、何かを手にして戻ってきた。

「試作品のコンフィチュールおまけにつけとくから、食べて感想聞かせてね」

お返しのつもりなのだろう。諒も素直にそれを受け取った。

「了解《りょうかい》。食べたらメールするな」

しばらく世間話のような会話をしてから、新しい客が入ってきたのと入れ替《か》わりに店を出た。

諒はそこで腕時計《うでどけい》を見て、しまったと顔を顰《しか》めた。

（ちょっと長居しすぎたかも）

麻倉との会話が楽しくて、織田が待っていてくれているのを忘れていた。近くに停《と》まっている織田の車へと急ぐ。

「ごめん、待たせちゃって」

菓子《かし》の箱が斜《なな》めにならないように気をつけながら助手席に乗り込むと、織田は少し不機嫌な様子だった。やはり、待たせすぎたかもしれない。

「ずいぶん遅《おそ》かったな」

「ごめんごめん。友達の兄貴がやってる店なんだけど、友達がいたからつい話し込んじゃってさ」

「もしかして、昨日のマドレーヌもそこのか？」

「うん、そうだけど」

「そんなにしょっちゅう通い詰めてるなんて、ずいぶんと仲がいいんだな」

「ん？　うん、まあ、大学の友達だし」

振《ふ》られた相手の顔が見たいがために、この店に来たのだと知られたくなくてごまかしてしまう。知られたところで大したことはないのだが、何となく織田に云うのは憚《はばか》られた。

（でも、何でそんなこと聞いてくるんだろう？）

不思議には思ったけれど、聞き返してやぶ蛇《へび》になっても困る。余計なことを聞かれないよう、違《ちが》う話を振って話題を変えた。

「そうだ、今日の撮影《さつえい》は見学してくか？　女の子向けのファッション誌だから、可愛い子いっぱいいて目の保養になるぜ」

「誘《さそ》いは嬉《うれ》しいが、遠慮しておくよ。これから会社に行くことになってるんでね」

「そういやそうだったな」

「夜に仕事が入ってないなら、外で一緒《いっしょ》に夕食を摂《と》らないか？　少し見せつけておいたほうがいいだろう。外から席がよく見える店を予約しておくよ」

「そっか、恋人《こいびと》ごっこをするんだっけ」

見せつけるというのは、ストーカーに対してだろう。わざわざ見られるために食事をするのは気が進まないけれど、犯人を炙《あぶ》り出すためには仕方がない。

「店が決まったら教えて。直接そっちに向かうからさ」

「仕事の邪魔《じゃま》にならないよう、メールを入れとくよ。何か食べられないものはあるか？」

「ピーマンとセロリ」

素直《すなお》に答えると、織田は眉間《みけん》に皺《しわ》を刻んだ。

「それはただの偏食《へんしょく》だろう。とくにないということでいいな」

「おい、自分で訊《き》いておいてそりゃねぇだろ!?」

「大人だったら好き嫌《きら》いをするな。健康な体は健全な食生活からだ」

スタジオにつくまで、延々と小言を繰《く》り返されたのだった。


撮影のあと、午後のスケジュールを確認《かくにん》するために事務所へと向かった。マネージャーの席がある三階を目指す。

「おはようございまーす。あ、あれ…？」

事務所に顔を出すと、マネージャーの仲里が落ち着かない様子でうろうろと歩き回っていた。他《ほか》の社員たちも普段《ふだん》よりざわついているような気がする。

「諒！　待ってたよ！」

「ど、どうしたの？　待ってたって、撮影終わったときにメール入れといたじゃん。何かあったの？」

「あったも何も！　すごいよ！　デュヴェリエだって！」

興奮しすぎて明快な説明ができないようだ。拳《こぶし》を握《にぎ》りしめて諒に訴《うった》えてくる仲里の肩《かた》を押さえて、どうどうと宥《なだ》める。

「ちょっと落ち着けって。話が全然見えないんだけど」

「だから、デュヴェリエの人が来てるんだって！」

「何で？」

『デュヴェリエ』とは、フランスの有名アパレルメーカーだ。

世界中に店舗《てんぽ》を出しており、そこのイメージモデルに起用されれば、将来を約束されたも同じというほどの威厳《いげん》と歴史がある。

「諒に来年度のアジア地区のイメージモデルを頼《たの》みたいんだって！　あ、まだ決定ではないんだけど、でもすごいよ！」

仲里が興奮する気持ちはよくわかる。来年度というからには、一年契約《けいやく》になるのだろう。とは云え、話が大きすぎてすぐに実感は湧《わ》いてこない。

「そりゃすげぇな。いままであそこって日本人のモデルはあんまり使わなかったよな」

「だからチャンスなんだよ！　いまはまだ候補の一人かもしれないけど、諒なら絶対大丈夫《だいじょうぶ》だよ！」

自分以上に鼻息が荒《あら》くなっている仲里に苦笑《くしょう》するしかない。

「わかったから、少し落ち着いてよ。……ん？　さっき、デュヴェリエの人が来てるって云ってなかったか？」

「うん、いま応接室で社長と話してるから。しばらく諒の仕事ぶりを見てから正式に契約したいってことらしいよ。だから、当面はあんまり遊び歩かないようにね」

「面倒《めんどう》くさいなぁ……」

「諒⁉」

「ごめんごめん、冗談《じょうだん》だって。俺だってすごいチャンスだってことはわかってるから。それに俺、仕事はいつでも真面目《まじめ》にやってるだろ？」

「とりあえず、挨拶《あいさつ》だけでもしておかないと。諒が来たら連れてこいって社長に云われてるんだ」

「何かいまさら緊張《きんちょう》してきたんだけど……」

「来てくれてるのは偉《えら》い人なんだから、粗相《そそう》をしないようにね」

仲里は諒以上に緊張した面《おも》持ちで、諒の身だしなみをチェックしていく。そうしてＯＫが出たあと、応接室へと足を向けた。

「どうぞ」

ノックをすると、中から社長の声がする。諒は緊張しながら、応接室のドアを押し開けた。

「失礼します」

いつにないほどよそ行きの表情を作って頭を下げ、はじめましてと云おうとした諒は、そこにいた人物に啞然《あぜん》とした。

（な、何で織田さんがいるんだ⁉）

ドッキリの一種かと思い、社長の顔を見てみたけれど、嘘《うそ》をついている様子はない。社長が隠《かく》しごとをするときは、片方の眉《まゆ》が動くのだ。

「はじめまして。デュヴェリエで日本支社代表取締役社長をしている織田と申します」

織田はこれまで耳にしてきたフランクな口調が嘘のような丁寧《ていねい》な口調とわざとらしい笑顔《えがお》で挨拶をしてくる。諒だけにわかるように目配せをしながら手を差し出され、やっと我に返った。目配せをしてきたということは、そしらぬ顔をしろということだろう。

「……神宮司諒です」

諒は白々しい気分で織田の手を握り、口元を引き攣らせた。

受け取った名刺《めいし》には、よく見知ったデュヴェリエのロゴが印刷されていた。

(まあ、確かに輸入関係かもしんないけど……)

住んでいる場所や着ているものなどを鑑《かんが》みて、それなりの地位に就《つ》いているだろうと思っていたけれど、これほどの立場だとは思いもしなかった。

デュヴェリエの日本のトップといったら、どんなモデルだって是《ぜ》が非《ひ》でもお近づきになりたいと思う存在だ。

しかし、それらの事実を諒に隠していた理由がわからない。自分が相手の立場によって態度を変えるような人間に見えていたのだろうか。

社長やマネージャーの手前、あからさまに不機嫌《ふきげん》な顔もできず、黙《だま》り込むことで腹立たしさをアピールするのが精一杯《せいいっぱい》だった。

「デュヴェリエのようなトップブランドの方にうちの神宮司を目にかけてもらえるとは光栄です。しかし、トップの方が直々にいらっしゃるとは……」

社長の戸惑《とまど》いも当然だろう。秘書もつけずにモデルの事務所へ乗り込んでくる代表取締役なんて、通常では考えられない。

この事務所にもそれなりに有名なタレントや俳優が所属しているけれど、デュヴェリエとの仕事ともなると規模が違《ちが》う。

「私のような立場になると、部下たちに比べれば案外暇《ひま》なものなんですよ。それに部下の報告を受けてから私が再確認するとなると、時間のロスが生まれますからね。大事な案件のときは、自ら動くことにしているんです」

「なるほど、参考になりますなぁ」

「あなたもそうでしょう？　才能を見抜《みぬ》く力があったからこそ、一代でこの事務所をここまでの規模に成長させることができたんだと聞いています」

「いえいえ、私などまだまだ」

織田からの思わぬ高評価に、社長は恐縮《きようしゆく》しつつも悪い気はしていないようだ。

「先ほどの続きになりますが、イメージモデルの候補は何人かいましてね。それぞれ甲乙《こうおつ》つけがたい。そこで、それぞれの仕事ぶりを見させていただこうという話になったんですよ。当社のイメージモデルは一年を通しての仕事になりますので、モデルの人柄《ひとがら》や仕事に対する姿勢も重要視しているんです。ご理解いただけますか？」

「ええ、ええ、もちろんです！」

淀《よど》みない説明に社長もマネージャーもすっかり聞き惚《ほ》れ、ただただ頷《うなず》くばかりだ。低く落ち着いた声は人を惹《ひ》きつける力があるようだ。

「よかった。無理なお願いかと思いますがよろしくお願いします」

「こちらこそ、どうぞよろしくお願いします！　ほら、諒も頭を下げろ！」

「あ、は、はい」

渋々《しぶしぶ》、頭を下げたけれど、内心は複雑だった。

「ただし、この件は他言しないでいただけますか？　外に漏《も》れてしまった場合はお話自体なかったことにするしか……」

「もちろん、心得ております！」

「面談というほど堅苦《かたくる》しいものではありませんが、少し二人で話をさせてもらってもよろしいでしょうか？」

「ええ、かまいませんよ。お話が終わりましたら、お声をかけて下さい。外に彼を待機させておきますので」

「ありがとうございます」

社長とマネージャーが席を外した。二人きりになり、諒は外に聞こえないよう小声で文句を云った。

「何で黙ってたんだよ！　デュヴェリエの代表取締役って！」

「ちょっと驚《おどろ》かせたくてな」

織田はイタズラが成功した子供のような笑みを浮《う》かべている。そんな彼に疑いの眼差《まなざ》しを向ける。

「本当にそれだけかよ」

「それ以外、何の理由があるんだ」

「あんたの立場を知ったら、俺が態度を変えるとでも思ってたんじゃないのか？」

「まさか。あとはあんな酔《よ》い潰《つぶ》れて道端《みちばた》で転がってた姿を見られたあとに、デュヴェリエの人間だというのは少々バツが悪かったというのはあるが、君を警戒《けいかい》して隠していたわけじゃない」

「信じていいのか？」

「ああ、もちろんだ。君の傍《そば》にいるために秘書にわがままは云ったがな」

「そうだ、秘書はどうしたんだよ。普通《ふつう》、トップが一人でふらふら出歩かないだろう」

「ついてくるなと云ったんだ。あいつにはあいつの仕事があるしな」

見くびられていたわけではないというのはわかったが、どういう手段を使って今回の話をでっちあげたのだろうか。

「まだ疑っているという目をしてるな」

云《い》った。

「で？　今回の話ってどこまで本当なんだよ」

「本当って？」

「その……俺のボディガードをするために、こんなことをでっちあげたんだろ？　そんなことに会社まで使って大丈夫《だいじょうぶ》なのか⁉」

「君は元々候補の一人だったんだ。俺のコネ一つで仕事が回ってくるほど、デュヴェリエは甘くない。ただ少しわがままを云って、君の担当にしてもらっただけのことだ」

デュヴェリエに認めてもらえたことは光栄だけれど、すっかり毒気を抜《ぬ》かれてしまっていて、素直《すなお》にただ喜んではいられなかった。

「それもどうなんだ……」

ため息をつきながらぼやくと、織田は云い訳めいた反論をしてきた。

「部下の仕事を邪魔《じゃま》してるわけじゃないんだ。有休を使って動いてるんだからいいだろう」

「秘書の人の苦労が忍《しの》ばれるよ」

部下には迷惑《めいわく》をかけていないと開き直る織田に、職場での立ち位置が見えてくる。この若さでトップにまで上り詰《つ》めたのだから相当有能なのだろうが、周りが振《ふ》り回されている部分もあるに違《ちが》いない。

諒が呆《あき》れていると、織田はわざとらしく咳払《せきばら》いをした。

「君を守るためもあるが、ビジネスはビジネスだ。仕事ぶりは厳しくチェックさせてもらう」

「そうしてもらったほうがありがたい。使えないとわかったら、早めに云えよ。社長がっがかりするからさ」

「約束する」

「それで、具体的にはどうするんだ？」

「できるだけ普段《ふだん》の様子が知りたいから、抜き打ちで現場を覗《のぞ》かせてもらいたいと伝えてある。だから、ここの社員証を作ってもらうことになるだろう。今回の件はあくまで社外秘だからな」

「なるほどね、現場ではマネージャーの代わりってことで通すのか」

「そういうことだ」

芸能事務所の社員は入れ替《か》わりが激しいし、見知らぬ顔がいたところでスーツを着ていれば、どこかの事務所の社員だろうと思われる。

「けど、ファッション誌の編集者とかスタイリストだったら、あんたの顔を知ってる人もいるんじゃないか？」

「少しは変装していくさ」

「変装〜？」

いったい、どんな格好をしてくる気なんだろうか。

マンションの前で寝《ね》ていた一昨日《おととい》の夜のような姿なら、確実に気づかれることはないだろうけれど、あれでは逆にスタジオに入れなさそうだ。

「楽しみにしてろよ」

「どんだけ化けられるか期待してるよ。でも、さっきはマジで驚いた。ドッキリでも仕込まれてたのかと思ったぜ」

「実はもう一つ驚かせるネタがあるんだが」

「は？　これ以上、何があるんだよ⁉」

「このあと予定ないよな。一緒《いっしょ》に行ってもらいたいところがあるんだ」

「ないけど……どこ連れてく気だ？」

そもそも、先に驚かせると云っていたら、意味がないのではないだろうか。それとも、ネタばらしをしていても、驚かせる自信があるほどのことが待っているのだろうか。

「着いてからのお楽しみだ」

織田はさっきと同じ子供のような笑《え》みを浮かべて云った。

会場中を包んでいた盛大な拍手《はくしゅ》はすでに消え去り、座席を埋《う》め尽《つ》くしていた観客も大半が帰ってしまったにも拘《かか》わらず、諒はまだ夢心地《ゆめごこち》でいた。

「おい、大丈夫か？」

「胸がいっぱいで言葉にならない……」

行き先を教えられないまま連れていかれたのは映画館だった。どんな魔法《まほう》を使ったのかわからないが、織田はルイ・ラザルス監督《かんとく》の舞台挨拶《ぶたいあいさつ》の招待券を持っていたのだ。

織田を問い詰めようにも入ってきたのが上映時間ギリギリだったため、席に着いた途端《とたん》に場内が暗くなってしまい、気がついたらスクリーンに引き込まれていた。

エンドロールが終わり、明るくなったステージに現れたルイ・ラザルス監督は思ったよりも背が高く、俳優以上に堂々としていて語り口も軽《かろ》やかだった。若い頃《ころ》にモデルをしていたというのは本当かもしれない。

生で彼の話を聞けるなんて、本当に夢のようだ。あまりのことに呆然《ぼうぜん》としていたら、織田にバシンと背中を叩《たた》かれた。

「ほら、しっかりしろ。これで終わりじゃないぞ」

「へ…？」

「裏でルイに会えるけど、どうする？」

「な、何で⁉」

この映画館に連れてこられたときも息をするのを忘れるくらい驚いたけれど、いま云われたことにも心臓が止まりそうになった。

「古い友人なんだ。今回もウチが衣装協力をしてるしな。で、どうする？」

「会いたい！」

反射的に目を輝《かがや》かせて答えると、織田は苦笑いした。

「じゃあついてこい。早くしないと次に行っちまうぞ」

「ま、待っ……！」

出口ではなく関係者用のドアへと向かう織田を慌《あわ》てて追いかける。こういった場所は父親の仕事の関係で慣れているはずなのに、緊張《きんちょう》しているせいで動作がぎこちなくなってしまう。

織田は顔パスのようで、舞台《ぶたい》裏の廊下《ろうか》を進んでいく間、どのスタッフも頭を下げてくる。

前を歩く織田の背中を見ながら、疑問が湧《わ》いてきた。

(どうして、こんなに俺によくしてくれるんだろ……)

不思議と織田の傍は居心地がいい。話しやすいし、会話がなくてもぎこちなく感じることはない。他《ほか》の人といるときのように、自分を飾《かざ》らずにいられるから楽なのだ。

織田の前で見栄《みえ》を張らずにいられるのは、初めに彼のカッコ悪いところを見ているせいかもしれない。どんなにみっともないところを見られても、お互《たが》い様だという意識があるのだろう。

(……昨日のアレはどうかと思うけど)

あれもある意味お互い様だが、恥《は》ずかしさのレベルが違《ちが》う。貞操《ていそう》についてどうこう云《い》う気はなくても、何か大事なものを失ったような気もする。

いったい、どんな顔であんな甘ったるい声を上げていたのか、思い出すだけでいますぐ死ねそうだ。

薬など飲んでいない織田の理性の箍《たが》まで外れたのだから、相当なものだったに違いない。

（もしかして――）

諒の希望通り忘れたふりをしてくれているけれど、織田は諒に対して罪悪感を覚えているのではないだろうか。

その罪滅《つみほろ》ぼしとして、あれこれと手を焼いてくれているのだとしたら納得《なっとく》がいく。

「心の準備はできたか？」

「へ？　あ、ちょ、ちょっと待っ…」

考えごとをしている間に控《ひか》え室の前に着いていた。ドアをノックしようとする織田に待ったをかけて、深呼吸して気持ちを落ち着ける。

「もういいだろう。ルイ、入るぞ！」

「あっ、まだだって！」

織田は諒の制止を聞くことなく、ドアを開ける。思わず後退《あとずさ》りかけたけれど、織田に腕《うで》を摑《つか》まれて部屋の中へと押し込まれた。

「は、はじめまして！　神宮司諒といいます――って、あの、俺、フランス語よくわかんないんだけどどうしよう」

上擦《うわず》った声で自己紹介《しょうかい》をしたあと、大事なことに気がついて織田に泣きついた。

「大丈夫だ、ルイは簡単な日本語ならわかるから」

「はじめまして、ルイ・ラザルスです」

「よろしくお願いします…っ」

何がよろしくなのかはわからないが、他に云うべき言葉も思い浮《う》かばなかった。

目の前で微笑《ほほえ》んでいるルイに、いままでにないほど胸が高鳴った。インタビュー記事などでよく知った顔がいま自分の目の前にあることが信じられない。

まっすぐ手を差し出され、握《にぎ》っていいのか迷っていると、ルイのほうから手を握ってきた。

「わっ」

「君は柾臣のところのモデル？」

「はい！　あ、いや、まだ決まったわけじゃないんですけど！」

憧《あこが》れの人との会話なのだ。しどろもどろになって当然だろう。そんな諒に、織田が助けの手を差し伸《の》べてくれた。

「彼は俺の友人だ。お前のファンだって云うから連れてきたんだよ」

「僕のファン？　君みたいな可愛《かわい》い子がそう云ってくれると嬉《うれ》しいね」

優《やさ》しく微笑みかけられ、舞《ま》い上がってしまう。

「あ…ええと、日本語、お上手なんですね」

「昔の恋人《こいびと》にベッドで教えてもらったんだ」

「何でもないよ、独り言。しばらく日本にいるんだ。よかったら今度一緒に食事をしない？」

「え、いや、そんな」

誘《さそ》ってもらえるのは嬉しいけれど、緊張で食事どころではないだろうし、どんな粗相《そそう》をするかわからない。

「やめておけ。プライベートを知ったら幻滅《げんめつ》するぞ」

「相変わらず失礼だな、柾臣は。いきなり取って食ったりはしないよ」

「充分《じゅうぶん》その気じゃないか。どうしてもというなら、俺も同席させてもらう」

「別にいいのに」

織田とルイの会話に割り込めない。憧れの映画監督が織田とまるで学生のようなやり取りをしていることに啞然《あぜん》としてしまう。

「二人きりにすると何しでかすかわからないからな。そんなことより、サインでもしてやったらどうだ。貴重なファンなんだぞ」

「そうだった。せっかく僕に会いにきてくれたのに、手ぶらで帰すわけにはいかない」

ルイはスタッフにパンフレットを持ってこさせると、それに慣れた手つきでサインを書き、諒にプレゼントしてくれた。

「はい、どうぞ」

「は？」

「ありがとうございます…！」

胸を感動でいっぱいにしながらサインの書かれた表紙を見つめていたら、映画の配給会社のスタッフがルイを呼びに来た。

「すみません、監督。そろそろ移動のお時間です」

「残念、もう行かなくちゃ。あとで連絡《れんらく》するから電話番号を――」

「こいつに用があるときは俺を通せばいいだろう。いいから早く行け」

「わかったよ。またね、諒」

ルイは優雅《ゆうが》に微笑むと、諒の唇《くちびる》を掠《かす》め取って去っていった。スタッフたちも一緒《いっしょ》に出ていき、織田と二人きりになった控え室で呆然と呟《つぶや》く。

「え？　何いまの……」

フランス人のルイにしたら、ただの挨拶《あいさつ》なのだろう。そうとわかっていても、困惑《こんわく》せずにはいられない。

あまりのことに身動きもできずにいると、後ろから肩を摑まれて振《ふ》り向かされた。織田の不機嫌《ふきげん》な顔が視界に入ってきたかと思うと、声を上げる間もなく微《かす》かな感触《かんしょく》の残る唇に口づけられた。

「ん…ッ⁉」

織田はルイの触れた場所を舐《な》め上げ、その舌を唇の隙間《すきま》に押し込んでくる。そして、諒の舌を搦《から》め捕《と》り、口腔《こうこう》を舐め回した。

（う…気持ちいい……って、浸《ひた》ってる場合じゃねぇだろ！）

自分にツッコミを入れるが、そう簡単には織田の口づけを解けなかった。全力で突《つ》き飛ばせば織田から逃《のが》れられるはずなのに、どうしても手に力が入らない。

理性が快楽に負けてしまうのだ。

「んぅ、ン、んー…っ」

腰《こし》が砕《くだ》ける寸前で唇が解放される。織田の濃厚《のうこう》な口づけにルイの感触などすっかり消え去っていた。

貪《むさぼ》られて腫《は》れぼったくなった唇を手の甲《こう》で拭《ぬぐ》いながら文句を云う。

「な、何なんだよ、いったい！」

「消毒だ」

「はあ？」

「ルイにキスなんかされたら、何がうつるかわからないからな」

まるで冗談《じょうだん》のような言葉だが、織田は本気で云っているようだった。その険しい表情に、追《つい》及《きゅう》する気も削《そ》がれてしまう。

（な、何なんだよいったい……）

まるでヤキモチを焼いてるように見えるのは、ただの思い過ごしだろうか。

「まるきり恋《こい》してるみたいな目だったな」

「バカ、何云《い》ってんだよ。全然違《ちが》うって」

胸が高鳴るという肉体的な反応は同じかもしれないけれど、憧れは恋する気持ちと似て非なるものだ。端的《たんてき》に云えば、恋愛《れんあい》は日常、憧れは非日常であると思っている。

『ルイ・ラザルス監督《かんとく》』に会えたことは夢のような出来事だったけれど、まさに夢の続きなのだ。恋する相手のように独占欲《どくせんよく》を覚えることはないし、毎日一緒にいたいわけではない。

だが、それを織田にどう説明すれば理解してもらえるかわからなかった。

(ていうか、何で織田さんに理解してもらわなくちゃいけないんだ?)

どうにかして誤解を解かなければと思った自分に、諒は首を傾《かし》げる。

織田は渋《しぶ》い顔をしながら、深いため息をついた。

「紹介するんじゃなかったな」

「何云ってんだよ、いまさら」

行動と言動が矛盾《むじゅん》している織田にツッコミを入れると、いつになく苛立《いらだ》った声で返された。

「あいつは節操なしなんだ。ウチの専属を何人食われたことか。ここ最近、手を出してるのは女ばかりだから油断してた」

「は?」

意味がわからず間抜《まぬ》けな声を上げた。

「基本的に、あいつと俺の好みが似てるんだよ」

「え？」

「とにかく、誘われてもほいほいついて行くなよ。俺がいないところでルイと会うんじゃない。いいな？」

初めて見る怖《こわ》い顔でそう云われ、気になったことを聞き返すこともできず頷《うなず》いてしまった。

「わ、わかった」

「久々にあいつと会ったら疲《つか》れたな。少し早いがメシを食いに行くか」

諒は首を傾げつつも、再び織田のあとを追いかけた。


「なあ、本当にご馳走《ちそう》になっちゃってよかったのか…？」

オーナーシェフに見送られながらレストランを出たところで、エレベーターを待ちながら気になっていたことを訊《たず》ねた。

諒も仕事柄《しごとがら》奢《おご》ったり奢られたりすることは多いけれど、いまの店は額が違う。

心配そうに訊ねた諒に、織田は鷹揚《おうよう》に笑う。

「俺のほうが年上なんだ、素直《すなお》に奢られとけ。いまの店、美味《うま》かっただろう？」

「うん。俺、けっこう舌が肥えてるほうなんだけど、すげぇ美味くて感動した」

「それはよかった」

食事も美味《おい》しかったけれど、見たばかりの映画について熱弁が奮えたことが楽しかったし、織田の口から聞く監督の昔の話も面白《おもしろ》がった。二人は親友というより、悪友のようだ。

他《ほか》の友人たちは皆《みな》、諒が映画と猫《ねこ》の話をし出すとげんなりした顔をするのだ。

「でも、ちょっと食い過ぎたかも」

いますぐベルトを緩《ゆる》めてしまいたいくらい腹が膨《ふく》れている。

「そのぶん、運動すればいい」

「上のジムには行ってるって。一応、それなりに気は遣《つか》ってるんだからな」

マンションにはジムがついており、住人はその施設《しせつ》を好きに使える。そのためもあって、住人にモデルや俳優が多いのだ。

「へえ、初めて聞いたな。最近は行っていないようだが？」

「……試験があったから、ちょっと足が遠退《とおの》いてただけだよ」

織田の指摘《してき》に口籠《くちご》もる。

「じゃあ、帰ったら早速《さっそく》行こうか」

「え、今日⁉」

「明日でいいと思うから足が遠退くんだろ」

「う……」

諒は図星を指されて押し黙《だま》った。織田には何でも見抜《みぬ》かれてしまう気がする。そのぶん、背《せ》伸《の》びをしないでいられる気楽さもあるけれど。

分の悪い話を打ち切ろうと、諒はエレベーターに乗り込んだところで話題を変えた。

「それにしても、効果はあったのかな」

声を潜《ひそ》めたのは、例のストーカーに関した話題だったからだ。ぼかした言葉でも、織田には伝わったようだ。

「窓際《まどぎわ》のよく見える席にいたんだ。君のあとをつけているなら、確実に目に入っただろう。念のため、また何度か足を運んでおいたほうがいいかもな」

「けど、ストーカーじゃなくて、ゴシップ記者に撮《と》られてたらどうすんだよ」

「どうって男二人でメシ食ってるだけなんだ。取り立てて騒《さわ》ぐこともないだろう」

「あんたの素性《すじょう》がわかればそれなりの記事になるんじゃないか？　そうなったら、あんたの会社にも迷惑《めいわく》がかかるだろう」

モデルとアパレルメーカーのトップが二人で食事をしていたら、何かあると思われて当然だ。社外秘であるイメージモデルの件もすっぱ抜《ぬ》かれてしまうかもしれない。

「それこそ、心配無用だ。俺の素性がわかったなら、到底《とうてい》記事にはできないだろう。デュヴェリエの広告を引っ込められたくはないだろうからな」

「あのなぁ、ああいうゴシップ誌って大手ばっかりが出してるわけじゃないんだぜ」

大手出版社の出している週刊誌なら無闇《むやみ》に記事にすることはないだろうけれど、しがらみを持たずにゴシップ誌を出している小さな出版社もある。そういったところの記者が食いついてきたとしたら、対応のしようがないだろう。

「スクープされたら、そのときは俺が責任を取るさ」

「どうやって？」

「素直に事情を説明すればいい。同じマンションに住んでいる君に、道端《みちばた》で酔《よ》い潰《つぶ》れていたところを助けてもらったから、その礼に食事をご馳走していたと云えば会社に大した影響《えいきょう》はないだろう。せいぜい、俺が社内で恥《はじ》を掻《か》くだけだ」

冗談めかして云う織田の胸に指を突きつける。

「絶対にそう云えよ」

「男に二言はない」

真面目《まじめ》な顔でしばらく視線を合わせたあと、二人とも耐《た》えきれなくなったというように吹《ふ》き出した。

一階に着いたエレベーターのドアが開いたところで、織田はしまったという顔をした。

「すまん、忘れ物をしたようだ。取ってくるから、少し待っていてくれ。一人で先に帰ったりするなよ」

「わかってるって。待っててやるから、早く行ってこいよ」

エレベーターが上がっていくのを見送り、ビルの入り口の脇《わき》に寄りかかった。携帯電話《けいたいでんわ》を取り出して、溜《た》まったメールの返信を打っていたら声をかけられた。

「あのぅ、お久しぶりです」

「は？　ええと……」

派手な化粧《けしよう》をした年上らしき女性が近寄ってきた。久しぶりと云われて面食《めんく》らってしまった。見覚えがあるような気もするけれど、思い出せない。携帯電話の番号などを交換《こうかん》した相手なら、顔を覚えていないことはないはずなのだが。

「倉田夏菜《くらたかな》です。一度お仕事でご一緒《いつしよ》したじゃないですかぁ」

名前を云われ、やっと思い出した。彼女は以前一度だけ、雑誌の企画《きかく》で顔を合わせたことのあるグラビアタレントだ。だが、そのときに挨拶《あいさつ》以外の会話をした覚えはないし、グラビアでもあまり見かけなくなっていた。最近はテレビに出る機会も減っているようだ。

「ああ、ご無沙汰《ぶさた》してます」

「私、いま仕事の帰りなんです～。こんなところで神宮司さんに会えるなんて嬉《うれ》しい！」

「はあ、どうも」

笑顔《えがお》で返しつつも、媚《こ》びた眼差《まなざ》しで見上げてくる様子に内心では引いていた。こんな街中で立ち話をする気なのか、彼女は一向に立ち去ろうとはしない。

「神宮司さんもお仕事の帰りですか？」

「ええ、まあ」

気のない返事をしてしまうのは、苦手なタイプの女性だからだ。自分の可愛《かわい》さを鼻にかけ、上目遣《うわめづか》いに見上げれば男は誰《だれ》でも引っかかると思っているのが見え見えだ。

「あのぉ、私、これから時間があるんですけど、もしよかったらお食事につき合っていただけませんか？　お友達が誰も捕《つか》まらなくて……」

「すみません、ちょうどいまこの上で食べてきたところなんですよ」

諒があっさりと断ると、倉田は一瞬頬《いっしゅんほお》を引き攣らせた。

「じゃ、じゃあ、どこかにお酒呑《さけの》みに行きませんか？　素敵なバーを知ってるんです～」

「いや、それは――」

彼女と親交を深める気にはさらさらなれないが、邪険《じゃけん》に扱《あつか》うわけにもいかない。どう対処すべきかと困り果てていると、やっと織田が戻《もど》ってきた。

「諒、待たせたな」

「ったく、おせーよ」

織田は何も悪くないのだが、つい八つ当たりをしてしまう。

「どうした、ファンに捕まったのか？」

「ファ……!?」

織田の言葉に、倉田は一層頰《ほお》を引き攣らせた。素人《しろうと》だと思われたことが癇《かん》に障《さわ》ったのだろう。その様子に溜飲《りゅういん》が下がったけれど、さすがに可哀想《かわいそう》でフォローを入れた。

「前に仕事で一緒になったタレントさんだよ。テレビで見たことあるだろ？」

「そうだったのか、不勉強で申し訳ありません」

織田は諒の問いかけを肯定《こうてい》することなく、倉田に軽く頭を下げる。

「い、いいえ」

倉田は強張《こわば》った愛想《あいそ》笑いを浮《う》かべつつも、相当腹を立てているようだった。暗に見たことがないと云《い》われているようなものだったからだ。

「諒がお世話になってます。私は彼の友人で、デュヴェリエの日本支社代表取締役社長をしています織田と云います」

いつ怒《おこ》って去っていくかと思っていたのだが、織田のわざとらしい自己紹介《しょうかい》に、険しくなっていた顔を豹変《ひょうへん》させた。

「えっ、デュヴェリエの方なんですか⁉」

倉田は濃《こ》いマスカラで縁取《ふちど》った目をこれ以上ないほど見開いた。そして、慌《あわ》ただしくカバンの中を探《さぐ》り、事務所の連絡《れんらく》先が書かれた名刺《めいし》を織田に差し出した。

「私、モデルもしてるんです！　あっ、あの、よかったら名刺《めいし》受け取っていただけますか⁉」

わかりやすい態度の変化に、諒は思わず苦笑《くしょう》してしまったが、織田は完璧《かんぺき》な笑顔で名刺を受け取っていた。

「ありがとう。申し訳ないが、生憎《あいにく》名刺を切らしていてね」

「いえっ、あの、裏に書いてあるのが、私の携帯《けいたい》番号ですから」

「すまないが、私たちはこれで失礼するよ。友人と待ち合わせをしていてね」

「やだ、お引き止めしてごめんなさい」

彼女の視界からは、諒の姿は消え去っているようだ。

七光りを持っていても駆《か》け出しのモデルよりも、有名アパレルメーカーの代表取締役のほうが自分にとって有益な人物だと考えたに違《ちが》いない。

倉田に背中を向け、足早にコインパーキングに向かいながら、織田に訊《き》いた。

「……彼女に身分を明かして大丈夫《だいじょうぶ》だったのか？」

「問題ない。タイミングよく名刺を切らしていたしな」

「本当は持ってたくせに……」

探す素振《そぶ》りも見せなかった理由に、倉田は気づいていないようだった。

「大人の云い訳だよ。自分がモデルとして通用すると思っているなら、オーディションを受けるのが当然だ。君だってそうやって仕事を取っているんだろう？」

「まあ、そうだけど」

周囲が思っているように七光りで仕事が来ることはほとんどないし、あるとしたら一緒《いっしょ》にインタビューを受けてくれという類《たぐい》のものだ。

モデルの仕事は全《すべ》て、オーディションで勝ち取ってきた。その合否にバックボーンも影響していないとは云いきれないけれど、自分に何の魅力《みりょく》もなかったら審査員《しんさいん》も使いたいと思ってくれないはずだ。

「一応、牽制《けんせい》のつもりだったんだが通じたかな」

「牽制？」

「君に色目を使ってるようだったから」

「色目を使う先があんたに移っただけな気もするけど」

織田としては恋人《こいびと》っぽく振《ふ》る舞《ま》ったつもりなのだろうが、デュヴェリエと聞いた途端《とたん》、諒のことなど目に入らなくなっていた気がする。

「それはそれでかまわん。下心つきの色目には慣れてるからな。あっちの女たちはもっとすごいぞ」

織田がさらりと口にした言葉に業界の裏側が覗《のぞ》く。パリのランウェイを歩くモデルたちの間では、もっと熾烈《しれつ》な戦いが繰《く》り広げられているのかもしれない。

世の中、知らないほうがいいこともあるだろうと、深く突《つ》っ込むのはやめておいた。

「しかし、本当に偶然《ぐうぜん》だったのか？」

「え？　どういう意味だよ」

「仕事の帰りって、この近くにそういった場所があるのか？」

繁華街《はんかがい》と古くからの住宅地の中間地点といった立地で、レストランや美容院などの看板は目につくけれど、スタジオのようなものがあるとは思えない。

「待ち伏《ぶ》せしてたって？　まさか、そんなわけないだろ。ロケの帰りかもしれないし、住まいが近くなのかもしれないじゃん」

諒は手を振って、織田の考えを否定した。心配するあまり、何でもないことでも穿《うが》って考えてしまうのだろう。

「そうだな、少し考えすぎかもな」

「そうそう。あんまり心配しすぎるとハゲるよ。つーか、あんたがハゲてるとこって想像つかねー！」

諒は自分で云った揶揄《やゆ》の言葉に笑いが込み上げてくる。織田のイメージとは到底《とうてい》結びつかないが、多くの男にとっては年齢《ねんれい》と共に逃《に》げられない問題のはずだ。

「それこそ、余計なお世話だ」

織田は笑われた仕返しと云わんばかりに、諒の髪《かみ》をがしがしと乱暴に掻《か》き回してきた。諒は慌ててその手を振り払《はら》う。

「わっ、何すんだよ。俺のほうがハゲるだろ！」

「こんなに脱色《だっしょく》してたら、そうなる日も近いかもな」

真顔で告げられ、胸のあたりがひやりとする。生平可なホラーよりも怖《こわ》い話題を振ってしまった自分を後悔《こうかい》した。

「こ、怖いこと云うなよ…っ」

「冗談《じょうだん》だ」

本気で狼狽《うろた》える諒に、織田は声を立てて笑い始めた。

「あんたねぇ！」

しばらく睨《ね》めつけていたけれど、やがて諒も一緒《いっしょ》に笑い出した。

3

仕事帰りの車の中、ハンドルを握《にぎ》る織田を横目で見ながら改めて感心していた。

現場に顔を出しているときの織田は、普段《ふだん》着ているものとは違うかっちりとしたスーツを着て、眼鏡《めがね》をかけて髪まで撫《な》でつけて、事務所の社員を演じきっていた。

まるで遣《や》り手の弁護士のようで、それが付け焼き刃《ば》のスタイルには到底見えない。いまはすでに着替《きが》えているが、一瞥《いちべつ》しただけで同一人物だとわかる人間はそうはいないだろう。

「何だ、さっきからじろじろ見て」

「いや、マジでさっきとは別人だなと思って……」

「あれなら誰《だれ》も気づかないだろう？」

「俺だって初めは誰かわかんなかったもんな」

初めて現場に顔を出し、スタッフに『神宮司がお世話になっています』と挨拶《あいさつ》をしているところを見ても、それが織田だということにしばらく気づけなかった。

「あのときの君の顔は見物だったな」

「うるせぇ」

どうやら、織田は基本的に人を驚《おどろ》かせるのが好きな性格のようだ。思惑《おもわく》通りに行くと、子供のような笑《え》みを浮かべる。その顔を見ると、怒る気もなくなってしまうのだ。

「見蕩《みと》れてただろう？」

「云ってろ」

冗談で流したけれど、実際は織田の云うとおりだった。驚いたというよりも、つい見入ってしまった。自分でも意外なのだが、どうやら織田の顔が相当好きみたいだ。

「そういえば、最近は電話はかかってこないみたいだな」

「まあ、電話はね……」

携帯電話《けいたいでんわ》は番号を変えたため、無言電話はかかってこなくなった。しかし、これも一時凌《いちじしの》ぎにしかならないかもしれない。そのうち新しい番号も漏《も》れてしまう可能性もあるからだ。

電話がかかってこなくなって被害《ひがい》が落ち着いたわけではない。あの日以来、無記名の封書《ふうしょ》や贈《おく》り物がたびたび届くようになった。

以前と違《ちが》うのは、手紙に入れられている写真が諒のものではないということだ。マンションの前で撮《と》ったと思《おぼ》しき織田の写真がビリビリに破かれて入れられている。

思惑通り、ターゲットが織田に移ったということだろう。しかし、本当にこれでよかったのだろうかと悩《なや》んでいた。

織田は自分が被害に遭《あ》えば警察に届けを出すことができると云《い》うけれど、やはり無関係の人間を巻き込んでいいわけはない。悪意に満ちた盗撮《とうさつ》写真が届くたびに不安は募《つの》っていった。

いつまでも彼の厚意《こうい》に甘え続けているわけにはいかない。ずっとそう思っているのだが、それをなかなか切り出せずにいた。

(居心地《いごこち》がいいのがいけないんだよな……)

どんな友人よりも、ともすれば家族と過ごしているときよりも、彼と二人でいる時間のほうが楽だ。

口うるさいところもあるけれど、自分のためを思って云ってくれているのがわかるから鬱陶《うっとう》しくはないし、八方美人でいわゆる「ええかっこしい」な性格だが、織田の前では不思議と自然体でいられるのだ。

「……なあ、これっていつまで続くんだ?」

ポストに傷をつけられた夜以降、犯人の姿は見えてこない。マンションの見回りを増やしてもらったことと、織田がいつも一緒にいてくれているお陰《かげ》だろう。

諒自身は危なげなく過ごせているけれど、そのぶん織田の身が危険に晒《さら》されているのではないだろうか。

「犯人もずいぶん苛立《いらだ》ってるだろうから、そう長くはかからないさ。怖くなってきたか?」

「そうじゃなくて、あんたのことだよ。相手が何してくるかわかんないんだしさ……」

「心配してくれるのか? 大丈夫《だいじょうぶ》だ。防犯ビデオを見た限り、俺のほうが体格がいいようだから、襲《おそ》ってきても逆に捕《つか》まえてやるよ」

「でも、ナイフとか持ってたらどうすんだよ」

「テレビの見すぎだ。俺に考えすぎるなと云ったのはどこの誰だ？」

「………」

織田の反論に押し黙《だま》る。

自分のことだけなら、ここまで不安な気持ちになることはなかっただろう。与《あずか》り知らぬところで織田が危ない目に遭ったらと思うと、無性《むしょう》に落ち着かない気分になるのだ。

沈黙《ちんもく》が降りた車内に携帯電話の着信音が鳴り響《ひび》いた。一瞬《いっしゅん》、ドキリとしたけれど、相手の名前を確認《かくにん》してほっとする。

「誰からだ？」

「大学の友達。ちょっとごめん——もしもし、麻倉？」

織田に断りを入れてから、電話に出た。麻倉から電話がかかってくることは滅多《めった》にない。その彼からの連絡《れんらく》ということは、何か用があるということだろう。

『あ、神宮司？　いきなりごめん、いま平気？』

「うん、全然平気。どうかした？　俺の声が聞きたくなったとか？」

それまで重い気持ちだったことを悟《さと》られないよう、わざと軽口を叩《たた》く。だが、麻倉は諒の軽口にも慣れたのか、呆《あき》れ声で受け流した。

『そんなわけないだろ……。あのさ、神宮司って前にフランス語の瀬戸《せと》先生の講義取ってたって云ってたよね？』

「麻倉もあの講義取るんだ？　瀬戸先生、講義は面白《おもしろ》いけど、毎回レポート出てけっこう面倒《めんどう》くさいよ」

教え方はわかりやすいのだが、出欠やレポートの締《し》め切りなどには厳しい教授として有名だ。朝イチの講義だったため、朝が弱い諒にとっては毎回遅刻《ちこく》ギリギリだった。

『うん、だからプリントとか取ってあったら貸してもらえないかなと思って。同じ課題が出るとは限らないけど、予習しておきたいんだ』

真面目《まじめ》な麻倉らしい頼《たの》みだ。他《ほか》の友人の口からは、この手の頼みごとなど聞いたことがない。

「取ってあるよ。家まで持っていこうか？」

『いいって、借りるんだから俺が取りに行くよ。神宮司、いま忙《いそが》しいんだろ？』

「今日はもう仕事終わった。どっかで待ち合わせしようぜ。そうだな、前に行ったカフェとかは？」

『わかった。じゃあ、そこで待ってる』

待ち合わせの時間を決めて、電話を切った。頭の中で自宅からカフェまでの時間の算段をつけていたら、赤信号にブレーキを踏《ふ》んだ織田が笑い混じりに云ってきた。

「やけに楽しそうだな。あのケーキ屋の子か？」

「へ？　あ、うん、まあ」

「まるで、好きな子とのデートに行くみたいだな」

「……っ」

揶揄《やゆ》の混じった指摘《してき》に息を呑《の》む。つい過剰《かじょう》に反応してしまった諒に、織田は口の端《はし》を引き上げた。

「何だ、図星か？」

「ちげーよ、ただの友達だよ」

否定の言葉が、拗《す》ねたような響きになる。これでは図星を指されたことが丸わかりだ。

「もしかして、振《ふ》られた相手とか？」

「うるさいな！　あんたには関係ないだろ！」

軽く流せばいいものを、何故《なぜ》かムキになってしまう。

「それも図星か。本当に君はわかりやすいな」

「悪かったな！」

ごまかすことを諦《あきら》め、投げやりに云い返した。

(どうせ、あんたから見たら俺なんかまだガキだよ)

小さい頃《ころ》から大人びていると散々云われてきたけれど、本当はそれが見せかけのものであると自覚していた。

だからこそ、甘えられそうな年上の女性やしっかりと自分を持っている麻倉に惹《ひ》かれてきたのだ。そして多分、織田は諒にとって理想とする大人だったのだろう。

子供な部分を持ちつつも、しっかりと自分の地位を築き上げていて、芯《しん》が揺《ゆ》らがない。誰《だれ》よりも意識している相手にからかわれると、全《すべ》て真に受けてしまう。

「すまん、機嫌《きげん》を損《そこ》ねたか？　珍《めずら》しくムキになるからつい」

「…………」

むっつりと黙り込んだまま、顔を背《そむ》けて流れ出した景色に視線を投げた。そんな諒の機嫌を取ろうと、織田は猫《ねこ》なで声で謝ってくる。

「本当に悪かったって」

「別に」

いつまでも拗ねているのは、それこそ子供っぽい行動だと思う。わかっていても、いつもの自分のように笑って流せなかった。

「待ち合わせ場所はどこだ？　送っていく」

「いいって、すぐそこに行くだけだし、一回家に戻《もど》らないといけないから」

「だったら、なおさら送らせてくれ」

「一人で行く」

「別に待ち合わせにまでついて行くと云ってるわけじゃない。出先まで送らせろと云ってるだけだ。どこにストーカーが潜《ひそ》んでるかわからないだろう？」

それを云われたら、断ることなどできない。織田の口うるささには辟易《へきえき》することもあるけれど、自分を心配してのことだとわかっているため、文句は云えなかった。

「……わかったよ」

諒は渋々《しぶしぶ》と承諾《しょうだく》したのだった。

「あの店か？」

「うん、そう。この辺、Uターンできないだろうからそこのポストのあたりに停《と》めてくれればいいよ」

麻倉と待ち合わせているカフェの向かいの路肩《ろかた》に車を停めてもらった。

「……さんきゅ。んじゃ、行ってくる」

「すぐすむなら、近くで待ってようか？」

ドアを開けて助手席を降りた諒に、織田が声をかけてくる。

「そこまで過保護にしてくれなくていいよ、帰りはタクシー使うから」

「そうか、気をつけて帰ってこいよ」

「わかってるよ」

まだ少し気まずいせいで、織田の顔がまともに見られない。そっけない返事をし、振り返ることなく助手席を降りた。

(何でこんなに意地張ってんだろ……)

これからせっかく麻倉と会うというのに、もやもやとした気分は晴れないままだった。

「あ、やべ」

車が途切《とぎ》れた道路を渡《わた》り、カフェに入ろうとしたところで大事なことに気がついた。

肝心《かんじん》の麻倉に頼まれたプリントを入れたファイルを車のダッシュボードの上に置いてきてしまった。

自分の不手際《ふてぎわ》に舌打ちして取りに戻ろうとしたところ、織田が運転席を降りるのが見えた。諒の忘れ物を持ってこようとしてくれているのだろう。

そこで待ってろと手振《てぶ》りで伝えようとしたけれど、左右を確認している織田は気づいてくれなかった。

この場で待っていたほうが早いと判断した諒は、何気なく左のほうを見て息を呑んだ。道路に足を踏み出した織田のほうへハーレーが走っていくのが目に飛び込んできたからだ。

「……っ」

そのバイクは、スピードを落とすどころか、さらに勢いを増した。エンジン音を吹《ふ》かせながら織田に向かって突《つ》っ込んでいく。

（まさか――）

前方に人がいることに気がついていないのではなく、織田に狙《ねら》いを定めているとしか思えない。到底《とうてい》、助けにいける距離《きょり》ではなく、諒は彼の名を叫《さけ》ぶことしかできなかった。

「織田さん!?」

実際には数秒の出来事のはずなのに、バイクの動きがスローモーションのように見えた。

「危な……っ」

織田はぶつかる寸前、すんでのところでかわした。彼が無事だったことにほっとする。諒はすぐに我に返り、慌《あわ》てて織田に走り寄った。

「大丈夫《だいじょうぶ》か!?」

歩道に尻餅《しりもち》をついていた織田はすぐに立ち上がり、服についた埃《ほこり》を手で払《はら》った。

「掠《かす》り傷一つないよ。だが、君のファイルがこんなになってしまった」

下敷《したじ》きになってしまったらしく、厚みのあったプラスチックのファイルの角が押し潰《つぶ》されていた。

「そんなことどうでもいいよ！　あんたの命のほうが大事だろ!?」

「諒、そう興奮するな。こうして無事だったんだから」

「バカ云《い》うな！　落ち着いていられる状況《じょうきょう》か!?　心臓が止まるかと……っ」

「大丈夫だ、ほら、ちゃんと心臓は動いてるだろう？」

織田は諒の手を取り、自分の胸に押し当てた。手の平から伝わってくる力強い鼓動《こどう》に、肩《かた》の力が抜《ぬ》ける。

（本当に無事でよかった……）

だが、下手《へた》をしたらこの鼓動が失われていたかもしれない。そう思うと、底知れない恐怖《きょうふ》が込み上げてきた。

「バイクのナンバーを見ようと思ったんだが、残念ながら泥《どろ》で汚《よご》されてて数字が読めなかった。犯人を特定するチャンスだったのにな」

「………」

「諒？」

「――もう俺の傍《そば》にいないほうがいい。イメージモデルの件も辞退する」

走り去ったバイクは確実に織田を狙っていた。

「俺なら大丈夫だ。心配するな」

織田のことを考えての言葉だったのに、軽くいなされた。笑っている織田に苛立《いらだ》つ。

「何かあってからじゃ遅《おそ》いんだぞ⁉」

「だから、傍にいるんだ。モデルの体に傷がついたら困るだろう？」

「どうして俺のためにそんな無茶《むちゃ》するんだよ…！」

苛立ちをぶつけるように織田の胸を拳《こぶし》で叩《たた》く。すると、織田は小さく微笑《ほほえ》んだ。初めて見る穏《おだ》やかで優《やさ》しい笑《え》みに、諒はドキリとした。

「惚《ほ》れてるからだよ」

「……え？」

難しいことを云われたわけではないのに、意外な言葉に頭が追いつかない。思考回路が混乱している諒に、織田は淡々《たんたん》と語る。

「最初はモデルとして気になってるだけかと思ってた。けど、傍にいるうちに気持ちが抑《おさ》えられなくなってきた」

「――――」

いきなりの告白に、諒は頭の中が真っ白になってしまった。

（惚れてるって、つまり、俺のことが好きってこと…？）

いつでも大人の余裕《よゆう》を見せているこの男が、自分のことを好きだという事実は俄《にわか》には信じられなかった。またからかわれているのかもしれないと思って織田の目を見る。

その瞳《ひとみ》は真剣《しんけん》そのものだった。

「恩返しとか会社のためとか云ってたけど、本音は違《ちが》う。君に惚れてるから、何があっても守りたい。俺の望みはそれだけだ」

「織田…さん……」

「ごめんな、いきなりヘンなことを云って。忘れたければ忘れていい。君にどうこうして欲しいってわけじゃないから安心しろ。ストーカーの問題が片づいたら、できるだけ顔を見せないようにするし、イメージモデルの件も本来の担当に戻るはずだ」

織田は苦笑《くしょう》しながら、諒の頭を撫《な》でてきた。

「……っ」

髪《かみ》を梳《す》く指の感触《かんしょく》に何故《なぜ》か泣きたくなる。揺《ゆ》らぐ瞳を見られたくなくて俯《うつむ》くと、耳元でそっと問いかけられた。

「ほら、あの子だろ？　好きな子って」

織田の視線の先には、騒《さわ》ぎで店の外に出てきた麻倉の姿があった。潰れたファイルを渡され、早く行けと促《うなが》される。

「好きな子を待たせるなんて、男の風上にも置けないぞ。俺はどこもぶつけてないし、何ともないんだから気にするな」

「で、でも――」

病院で検査をしておいたほうがいいのではないだろうか？

そう云おうとしたけれど、織田はさっさと車に一人で乗り込んでしまった。そして、諒に軽く手を上げ、走り去っていった。

（……何でこんなときにあんなこと云うんだよ……）

織田の言葉に、どうしようもなく胸が揺さぶられた。

カフェの前で待ってる麻倉の下《もと》に行こうと思うけれど、織田のことが気になって、車が消えた方向から目が離《はな》せなかった。

4

「…………暇《ひま》すぎる」

一人の時間を持て余すなんて、久々のことだ。

好きな映画のＤＶＤをつけても集中できないし、こういうときに限って鈴は諒にかまってはくれず、寝室《しんしつ》で二度寝《にどね》を決め込んでいる。

諒が退屈《たいくつ》にしているのは、織田が朝から出かけているせいだ。どこに行くとも云わず、何時に帰ってくるとも云わなかった。

（この間、あんな目に遭《あ》ったばっかりなのに……）

また同じような危険に見舞《みま》われる可能性もあるというのに、無防備すぎやしないだろうか。

「……って、あいつと同じ心配してんな、俺……」

織田のことを散々心配症《しょう》だ、過保護だと云ったけれど、これでは人のことは云えない。

あの日の告白のあと、織田の態度は少しも変わらなかった。何もなかったかのような様子に、白昼夢でも見たのかと思ったくらいだ。

『惚れてる』などと云ってきたくせに、織田は宣言通り、何も行動を起こしてはこなかった。むしろ、諒のほうが意識してしまい、挙動不審《きょどうふしん》になっていた。

「普通《ふつう》、好きなやつと一緒《いっしょ》にいて平然となんてしてられないだろう⁉」

自分なら、あんな落ち着いた顔はしていられないだろう。

好きな相手が近くにいるのなら、ちょっかいを出したくなるだろうし、それが許されないのなら敢《あ》えて距離を取ってしまうかもしれない。

見ているだけでいいなんて綺麗《きれい》ごとだ。それで本当に好きだと云えるとは思えない。

「別に何かして欲しいわけじゃねーけどさ」

まるで、手を出されないことに不満を抱《いだ》いているかのような自分にぶつぶつと云い訳をする。

結局、織田にどうして欲しいのか自分でもよくわからない。

「何なんだよ、もう！」

むしゃくしゃした気分が治まらず、手近にあるクッションに拳を叩き込む。

苛々《いらいら》としているのは空腹のせいだ。そう思って食べるものを探したが、冷蔵庫にはつまみと酒しか入ってなかった。

上の戸棚《とだな》にインスタント食品のストックがあるのを思い出した。しかし、口うるさく食生活の指導をしてくる織田の顔が脳裏《のうり》に浮《う》かんだため、伸《の》ばした手を引っ込めた。

「……外に食いに行くか」

無闇《むやみ》に外出するなと云われているけれど、近所の喫茶店《きっさてん》に行くくらいなら問題ないだろう。織田が帰ってくる前に部屋に戻《もど》っていればいいだけだ。

行きつけの喫茶店はずいぶんと年季の入った佇《たたず》まいで、足を踏《ふ》み入れるのを躊躇《ためら》ってしまうような外観なのだが、そこのカレーが絶品なのだ。

「思い出したら、余計腹が減ってきた……」

このままじっと耐《た》えていることなどできない。諒はコートと財布《さいふ》を手に、マンションを飛び出した。

空腹に急《せ》かされ、早足で喫茶店へと向かう。まだ昼には早いから、今日のぶんのカレーが売り切れていることはないはずだ。

頭の中をカレーでいっぱいにしていた諒は喫茶店に入ろうとした瞬間《しゅんかん》、足を止めた。店内の奥の席に見慣れた背格好を見つけたのだ。

諒は咄嗟《とっさ》に電信柱の陰《かげ》に隠《かく》れた。顔だけを覗《のぞ》かせて店内の様子を窺《うかが》う姿はどこから見ても不審者だ。

(あれってやっぱり……)

何度確認《かくにん》しても、織田にしか見えない。彼は一人ではなく、スーツを着た女性と一緒だった。いったいどんな関係なのか、どんな話をしているのか――ここからでは二人の表情までは見えないのがもどかしい。

しかし、何があっても守ると豪語《ごうご》した諒を残して会いに行くような相手なのだから、相当大事な人なのだろう。

(俺のこと好きだって云《い》ったくせに)

織田の想《おも》いに応《こた》えたわけではないのだから、これは自分勝手な憤《いきどお》りだ。そうとわかっていても、むかむかする気持ちは抑《おさ》えられなかった。

「……何なんだよ」

自分でも不思議なくらいショックを受けていた。これではまるであの女性にヤキモチを焼いているようではないか。

(俺が好きなのは麻倉だろ⁉)

そう自問するけれど、織田と女性の姿が脳裏から離れない。そんな自分に戸《と》惑《まど》い、諒はさっき以上の早足で自宅へ引き返した。

「くそ…っ、何でこんなに苛《いら》つくんだ!」

リビングのドアを乱暴に閉めると、ポケットの中の携帯電話《けいたいでんわ》が鳴った。苛々としながら携帯を見ると、マネージャーからだった。

「もしもし?」

『諒、ごめん! やられた……っ』

「は？　何が」

『いま、テレビ見られる？　ワイドショーつけて！　いますぐ！』

切羽詰《せっぱつ》まった様子の仲里に毒気を抜《ぬ》かれ、云われたとおりにテレビをつけた。

ワイドショーでは「神宮司諒、熱愛発覚か⁉」などと芸能リポーターが明日発売の週刊誌の記事を紹介《しょうかい》していた。

「何だこれ……」

その記事には倉田と二人で立っている写真が大きく載《の》せられていた。高級レストランでデートか？　などという文章が添《そ》えられている。

（やられた……）

愕然《がくぜん》とする一方、あの日の一件に納得《なっとく》がいった。あの夜、倉田がいきなり声をかけてきたのはやらせのための仕込みだったのだ。

織田の『本当に偶然《ぐうぜん》なのか？』という疑問は正しかったわけだ。いわゆる二世タレントで知名度のある諒は利用しやすいと思われたのだろう。

『いつもは出る前に連絡《れんらく》来るのに、今回は確認の電話すらなかった。編集部は連絡ミスだって云ってたけど、わざとに決まってる』

いつも穏《おだ》やかな仲里が珍《めずら》しく怒《いか》りを露《あら》わにしている。

リポーターのインタビューに対し、思わせぶりな笑顔《えがお》で「いいお友達です」などと云っている倉田を見ていたら、諒もふつふつと怒りが湧《わ》いてきた。

「お前なんか友達でも何でもねーよ」

諒は思わずテレビに向かって悪態をついてしまった。わざと誤解させようという態度が見えで腹が立つ。

『念のため聞いておくけど、彼女とは何にもないよね…?』

「バカなこと云うなよ、あんな女に手ぇ出すわけねーだろ」

こういう姑息《こそく》な手を使う人間は、女であれ男であれ軽蔑《けいべつ》する。綺麗ごとだけで渡《わた》っていくには難しい世界だけれど、プライドすら残っていないのだろうか。

『そうだよね、諒の好みじゃないもんね』

「何だよ、俺の好みって」

『だって諒、頭のよさそうな年上の人が好きだろう?』

「う……」

本当のことを云われたため云い返せない。しかし、ぼんやりしてそうな仲里にそんなことまで見抜かれていたとは意外だった。

『この写真っていつ撮《と》られたかわかる?』

「この間、織田さんが事務所に来た日だよ。レストランを出たところでいきなり声かけられたから、ヘンだと思ったんだよな」

『やっぱりやらせだよね、これって』

「そうだろうな。仕事の帰りって云ってたけど、あんな時間にあんなところで一人でいるっておかしいし」

その場で思惑《おもわく》を見抜けなかった自分が悔《くや》しい。織田が訝《いぶか》しがっていたのに、偶然だろうと決めつけてしまった。

写真の諒は横顔しか写っていないけれど、倉田の顔はばっちりだ。きっと、カメラの位置を把握《はあく》していたのだろう。

『あっちの事務所に苦情を云ったんだけど、逆に諒から誘《さそ》ってきたって云ってるって食ってかかられて』

「はあ？　何だそりゃ」

『そんなことはないって反論しといたから。云い方悪くなるけど、彼女も落ち目だから事務所ぐるみなんじゃないかと思ってたんだけど、もしかしたら彼女の独断なのかもね』

「あー…そうかも……」

初めは諒が目的だったようなのに、織田の素性《すじよう》を知った途端《とたん》、目の色を変えて食いついていた。起死回生の一手を探しているのだろう。

『とにかく、今日は外に出ないでくれるかな』

「わかった。でも、さっき外に出たけど、マンションの周りには誰《だれ》もいなかったぜ」

『ご実家のほうに集まってるみたいだよ』

「そっちか……」

だいぶ前から一人暮らしをしているものの、このところちょくちょく実家に顔を出していたから、周囲には実家に戻ったと思われているのかもしれない。いまはマスコミにここの住所を知られていないようだけれど、バレるのは時間の問題だ。

いま頃《ごろ》、両親も迷惑《めいわく》してるだろうし、騒《さわ》ぎにペットたちも困惑してることだろう。つけ入られる隙《すき》のあった自分に歯嚙《はが》みする。

『しばらくは大人しくしてるのがいいだろうね。マスコミの前に諒を出したら、本音を云いそうだし…』

「云うに決まってるだろ」

相手の思惑になんて乗ってやるつもりはない。だが、あまりにそっけない態度は事務所のイメージ戦略に反してしまう。

『一応イメージってものがあるんだからね…。とにかく、これ以上係わり合いにならずにすむよう手を打ってみるから』

「悪いな、面倒《めんどう》かけて」

『これが僕の仕事だからね』

頼《たの》もしい言葉を最後に仲里との電話は切れた。取材陣《しゅざいじん》に囲まれて嬉《うれ》しそうにしている倉田の顔を見ているのも忌々《いまいま》しく、テレビを消す。

念のため、カーテンも引き、明かりもつけないでおく。

——何だか、一気に疲《つか》れ果ててしまった。

携帯電話の番号を変えたばかりだったのは、不幸中の幸いだった。新しい番号はまだ事務所の人間と両親、織田と麻倉にしか教えていない。

以前のままだったら、友人たちから真相を訊《たず》ねる電話が殺到《さっとう》していただろう。ただでさえ頭の中がぐちゃぐちゃなときに、こんな面倒なことを引き起こされ、諒の苛立《いらだ》ちは限界値を超《こ》えていた。

こうなったら自棄酒《やけざけ》でもしていないと、やっていられない。諒は冷蔵庫の中からありったけの酒を取り出し、ソファに陣取《じんど》った。

発泡酒《はっぽうしゅ》を一缶《かん》一気飲みすると、アルコールが空っぽの胃に染《し》み渡る。その感覚に、少しだけすっきりする。

もらいもののシャンパンの栓《せん》も抜《ぬ》き、コップに遠慮《えんりょ》なく注《そそ》いだ。本来はこんな飲み方をするものではないのだが、こういうときにもったいつけても仕方ない。

「うわ、これ美味《うま》いな」

値が張るだけのことはある。ぐいぐいと杯《はい》を重ねていくけれど、今日はなかなか酔《よ》いが回ってこなかった。

「あー、マジでムカつく。あいつも帰ってこないし……」

倉田にも、油断した自分にも腹を立てていたけれど、それ以上にさっきの喫茶店《きっさてん》での光景が目に焼きついて離《はな》れないのがもどかしかった。

もう正午を越《こ》えようかというのに、帰ってくる気配はない。きっと、あの女性と話が弾《はず》んでいるのだろう。そう考えると、もやもやとした落ち着かない気分になった。

(あいつがあんなとこにいるから、カレーも食えなかったんだ)

八つ当たりだとわかっていても、織田のせいにしたくなる。

余計なことを考えるから苛々《いらいら》とするのだ。今日一日、仕事は入っていないのだから、さっさと酔って寝《ね》てしまおう。

そう思って、取っておきの焼酎《しょうちゅう》まで持ち出してきた。そして、缶や瓶《びん》を次々に空にしていく。やっと酩酊《めいてい》してきたと思えた頃《ころ》、リビングのドアが開く音がした。その音に振《ふ》り返ると、やっと戻《もど》ってきた織田が眉《まゆ》を顰《ひそ》めて立っていた。

「おい、何してるんだ、昼間から」

「別にいいだろ。することないんだし」

云《い》い返し、つまみにしていたチョコレートを口に放り込む。だが、甘いはずのチョコレートを舌の上で溶《と》かしても、いまは味気なく感じられた。

反抗《はんこう》した態度を取りつつも、後ろめたさがあるからだろう。そんな気分を振り払《はら》おうと酒を呷《あお》ろうとしたけれど、織田にグラスを取り上げられてしまった。

「モデルなんだから体には気を遣《つか》えって云わなかったか？　暇《ひま》だったら、筋トレでも勉強でもすることはたくさんあるだろう」

「うるせぇな、俺の母親でもないくせにいちいち口出ししてくんなよ」

「何を苛《いら》ついてるんだ。何かあったのか？」

「――――」

「諒！」

「……気になるならテレビつけてみたら？」

自分の口から語る気にもなれず、投げやりに云った。さっき見ていた番組は違《ちが》う特集などに移ってしまっただろうが、他《ほか》のチャンネルでも取り上げているはずだ。

織田は釈然《しゃくぜん》としないと云いたげな顔をしながらも、リモコンを手に取った。何回かチャンネルが切り替《か》わり、同じネタを取り上げているワイドショーが画面に映る。

「これは……」

「あの夜のことだろうな。あんたが降りてくる前に写真撮られてたっぽい」

諒は吐《は》き捨てるように告げながらグラスを奪《うば》い返し、酒を注《つ》ぎ足す。だが、そのグラスもすぐにまた奪われてしまった。

織田は呆《あき》れた様子でため息をつき、グラスをキッチンカウンターへと持っていってしまう。

「これのせいで機嫌《きげん》が悪いのか？　こんな騒ぎ、すぐに収まるだろう」

「別にこれだけじゃねーよ」

「じゃあ、何なんだ？」

「…………」

織田が女性と二人でいたのを見てしまったからだとは云えずに押し黙《だま》る。気まずい空気の中、諒の携帯電話《けいたいでんわ》が鳴った。

仲里からの追加報告だろうと思って手に取ったけれど、かけてきていたのは麻倉だった。慌《あわ》てて何度か咳払《せきばら》いをして声を整えてから電話に出る。麻倉に昼から自棄酒しているだなんて知られたくはない。

「はい、もしもし」

『神宮司！　よかった、繋《つな》がって……』

「どうした？　こないだのプリントでわからないとこでもあったのか？」

『いや、そうじゃなくて、その、大丈夫《だいじょうぶ》か…？』

麻倉の曖昧《あいまい》な問いかけに苦笑いする。云い訳をする前に知られてしまったことが悔《く》やまれるが仕方ない。

「ああ、お前もワイドショー見たのか。云っておくけど、俺はあんな女とつき合ってなんかないからな」

　これまで何人もの女性とつき合ってはきた。けれど、遊びのつもりだったことは一度もない。相手はどうだったかわからないが、諒にとってはどれも真面目《まじめ》なものだった。

　周囲に遊び人だと誤解されるのはよくあることだ。真実は自分が知っていればいい、そう思ってきたけれど、麻倉には誤解されたくはなかった。

『うん、わかってる』

「え?」

　肯定《こうてい》の言葉に驚《おどろ》いた。

『神宮司なら、好きな子を一人で矢面《やおもて》になんか立たせないだろ?』

「麻倉……」

　何も云わずとも信じてくれた麻倉に胸が熱くなった。他の友人たちなら、興味本位で真相を訊《き》いてくるだろう。彼が本当に自分のことを心配してくれているのが伝わってくる。

『そんなことより、こういうときって外出歩けなくなったりするんだろ? 買い物とか行けないんじゃないのかと思って。何か差し入れ持っていったほうがいい?』

「ありがとな。でも、気持ちだけ受け取っておく。一人で俺んちに来たら、あいつがうるせぇだろうから遠慮しとくよ」

　申し出はありがたかったけれど、麻倉まで面倒に巻き込みたくはない。まだ騒《さわ》ぎにはなっていないけれど、いつここを嗅《か》ぎつけられるかわからないのだから。

『弘嗣《ひろつぐ》のこと？　あいつなら一緒《いっしょ》に行くって云ってるけど』

「いや、マジで気持ちだけでいいよ。大変なのは実家のほうだからさ」

『そうなんだ？　じゃあ、何か困ったことがあったらすぐ連絡《れんらく》しろよ。あ、あと、この間の人は本当に大丈夫だった？』

織田のことも気にかけてくれていたらしい。彼の優《やさ》しさがささくれだった心を少しだけ癒《いや》してくれた。

「平気平気、ぴんぴんしてる。今度、店に一緒に連れてくよ」

弾んだ声で電話を切ると、織田が醒《さ》めた目で見下ろしてきた。

「あの子にはいい顔するんだな」

「……好きな相手なんだから当然だろ」

手の中の携帯電話を閉じながら、視線を逸《そ》らす。偽《いつわ》りない言葉のはずなのに、何故《なぜ》か後ろめたさを伴《ともな》った。

「そうだな。だが、上辺だけ取り繕《つくろ》ってもメッキはすぐに剝《は》がれるものだ。本当にそれでいいのか？」

「何が云いたいんだよ」

「見せかけだけよくしても、いつか見抜《みぬ》かれる。お前は好きな相手にそんないい加減な態度で向き合うような人間なのかと云ってるんだ」

織田の言葉に胸のあたりがひやりとする。たびたび厳しい忠告を受けてきたけれど、こんなに冷ややかに云われたのは初めてだ。

（何で、胸が痛いんだ？）

針が突《つ》き刺《さ》さったみたいな鋭《するど》い痛み。そんな気持ちを押し隠《かく》し、強がりを口にする。

「何を偉《えら》そうに。惚《ほ》れたって云っておきながら指咥《くわ》えて見てるだけの男に、そんなこと云われる筋合いはないね」

「何だと？」

「好きな相手が同じ部屋にいて、口説く甲斐性《かいしょう》もないヘタレに説教されたくないって云ってんだよ」

酒の勢いと苛立《いらだ》ちのせいで、挑発《ちょうはつ》するようなことを云ってしまう。自分でも八つ当たりだとわかっている。それでも、口を閉《と》ざすことはできなかった。

「諒、お前――」

「それとも、やっぱり男のケツに突っ込んだことを後悔《こうかい》してるとか？」

鼻先で笑いながらの諒の言葉に、織田の表情が変わった。

「自分が何を云ってるのかわかってるのか？」

「あんたこそ察しが悪いんじゃねぇの？　抱《だ》けるもんなら抱いてみろって云ってんだよ」

諒は織田の襟《えり》を摑《つか》んで引き寄せ、触《ふ》れるか触れないかの距離《きょり》で云い放った。

「……もう黙れ」

「ほら、やっぱり無理なんじゃないか」

「黙れ！」

激昂《げっこう》した織田にソファへ押し倒《たお》された。男二人ぶんの重みを受け止め、スプリングが沈《しず》む。

「そんなに抱いて欲しいなら抱いてやる」

「あんたにできんの？　こんな明るいところで男の体見たら勃《た》たねぇんじゃ——んぅ…っ」

乱暴にキスで口を塞《ふさ》がれ、言葉を封《ふう》じられる。肩《かた》に指がキックく食い込むのを感じながら、捩《ね》じ込まれた舌を受け入れた。

「ん…っ、ぅ、ん」

口腔《こうこう》を舐《な》め回され、逃《に》げを打つ素振《そぶ》りを見せれば、乱暴に舌を搦《から》め捕《と》られる。

激しい感情を剝《む》き出しにして貪《むさぼ》るようなキスをしてくる織田に、諒は安堵《あんど》に似た気持ちを覚えていた。

欲情しているということは、自分に対しての興味は失われていないということだからだ。

彼に対して抱《いだ》いているものが独占欲《どくせんよく》なのか、それとも執着心《しゅうちゃくしん》なのか——自分でもよくわからないけれど、いま織田の目に映っているのが自分だということに満足していた。

「ぁ、ん……っ、んん」

唾液《だえき》の絡《から》む水音とお互《たが》いの息遣《いきづか》いに時折微《かす》かな衣擦《きぬず》れの音が混じる。

舌先を吸い上げられ、ジン、と痺《しび》れる感覚に浸《ひた》っていると、シャツの上から体をまさぐられ、布地ごと胸の尖《とが》りを摘《つま》み上げられた。

普段《ふだん》あまり意識することのない部分なのに、強弱をつけて執拗《しつよう》に捏《こ》ね回されていたら、徐々《じょじょ》に痛痒くなってきた。

「んッ、ぅん、ぅ…っ」

痛みと快感に身悶《みもだ》えていても、唇《くちびる》を塞がれていては喘《あえ》ぐこともままならない。それなのに、織田は諒の足をわり、股間《こかん》に膝《ひざ》を押しつけてきた。

一瞬《いっしゅん》、四肢《しし》が硬直《こうちょく》したけれど、ぐりぐりと擦《こす》られるたびに腰《こし》の奥が疼《うず》き、自身は嵩《かさ》を増していく。そこはあっという間に熱で張り詰《つ》めた。

ズボンの上から股間を強く掴まれ、そのまま強く揉《も》みしだかれる。痛覚ギリギリの快感に眉《まゆ》根《ね》を寄せていると、不意にキスが解けた。

「はっ……ぁ、はぁ……」

足りなくなっていた酸素を求めて浅い呼吸を繰《く》り返しながら、覆《おお》い被《かぶ》さっている織田を見上げる。

「すげー顔してる。鏡見せてやりたいよ」

織田の瞳《ひとみ》は獣《けもの》のようにギラついていた。普段はノーブルな大人の顔をしている織田の意外な一面に否応《いやおう》なく興奮する。

（あの日もこんな目ぇしてたのかな……）

車の中は暗く、お互いの表情はよく見えなかった。降りしきる雨が作り出した密室は、現実から切り離《はな》されたかのようだった。

けれど、いまは違《ちが》う。日常と一続きの空間で、カーテンの隙間《すきま》からは日の光が漏《も》れている。

相手の顔も体も、唇の動きでさえはっきりとわかる。

「その言葉そっくり返してやる。そんなエロい顔して、どこで男の煽《あお》り方なんて覚えたんだ？」

「さあ？　生まれつきかもな――っあ」

いきなり耳を齧《かじ》られ、喉《のど》が鳴る。

織田は耳殻をなぞり、首筋に舌を這《は》わせながら、諒の足を撫《な》で上げた。そして、ベルトの金具を外す音が聞こえたあと、強引《ごういん》にズボンと下着を引き下ろされた。

布地が肌《はだ》に擦《す》れ、ひりつくような痛みを覚えたのも束《つか》の間、すでに勃ち上がっていた昂《たか》ぶりを直《じか》に扱《しご》かれ、高い声を上げる。

「あぁ、あ…っ」

ぬるぬるとした感触《かんしょく》は、溢《あふ》れ出た先走りのせいだろう。織田の巧《たく》みな指遣《ゆびづか》いは、諒を簡単に追い詰める。

シャツを捲《まく》り上げられ、剥き出しの胸に織田の唇の温かな感触が触れた。弄《いじ》り回されて過敏《かびん》になっていた尖りに吸いつかれると、喉の奥から甘い声が零《こぼ》れてしまう。

「あ…っ、そこ、い……っ」

織田は硬《かた》くなったそこを舌で転がし、甘噛《あまが》みした。チリ、という痛みと共に背筋に痺れが走る。吸い上げられながら自身を指で上下に扱かれると、たまらなく気持ちよかった。

達しそうになった瞬間《しゅんかん》、自身の根本をキツく締《し》めつけられた。痛みに四肢が強張《こわば》り、呼吸が止まる。

「なん…で……っ」

突然《とつぜん》、快感を塞《せ》き止められたことに戸惑《とまど》いを覚えて頭を起こすと、織田が体の位置をずらし、諒の下腹部へ顔を伏《ふ》せるところだった。

「……ッ」

自身にねっとりとした生暖かい感触が触れ、諒は息を呑《の》む。織田は諒のそれを舐め下ろし、体液の滲《にじ》む先端《せんたん》を指先で引っかいた。

「あぅ…っ、あ、ん!」

根本の膨《ふく》らみをしゃぶられ、キスマークをつけるかのように吸い上げられると腰が小さく跳《は》ねる。指と舌が自分の昂ぶりに絡みつく光景はやけに卑猥《ひわい》で、目が離せない。

口淫《こういん》は初めてではないけれど、こんなおかしくなってしまいそうなくらいの快感はいままで味わったことがなかった。

「あっ、やぁ、あ……っ」

限界まで張り詰めた欲望の先端を口に含《ふく》まれ、諒は悲鳴じみた声を上げた。織田は舐め溶《と》かそうとするかのように舌を這わせ、括れを唇で締めつける。とくに鋭敏《えいびん》な窪《くぼ》みを尖らせた舌先で突《つつ》かれると、びくびくと腰が震《ふる》えた。

「あっあ、あ……！」

諒の零した体液で濡《ぬ》れた織田の指が足の間を探《さぐ》り、奥にある窄《すぼ》まりを見つけ出した。ぬめりを塗《ぬ》りつけるようにゆるゆると撫でられると、そこに力が入ってしまう。狭《せば》まった入り口に、強引に指が押し込まれた。

「ん…っ」

反射的に腰が浮《う》いたのを利用し、織田はさらに奥へ指を進ませた。そのまま抜《ぬ》き差しをしながらも、巧みに舌を動かしてくる。

体の内側からも外側からも責め立てられてはたまらない。

「や、ぁ、も、出る、離し……っ」

織田の頭を引き剝《は》がそうとするけれど、さらに喉の奥まで飲み込まれる。唇の裏側で擦られ、強く吸い上げられては、もう堪《こら》えきれなかった。

「あ、ん、んー…っ」

諒は背中を撓《しな》らせながら、織田の口の中で自身を震わせる。織田は諒の昂ぶりを緩《ゆる》く扱きながら、吐《は》き出された体液を嚥下《えんか》した。

強引に射精させられたせいで、四肢に力が入らない。ぐったりとしながら荒《あら》く息をついていたら、乱暴に体を裏返された。

「な…っ⁉」

腰を引き上げられ、上半身を伏した状態のまま膝を立てさせられる。屈辱《くつじょく》的な格好に、カッと顔が熱くなった。

裸《はだか》を見られることはどうということはないけれど、この体勢は抵抗《ていこう》がある。

「何でこんな格好……っ」

どうにかしたくても、膝に下衣が絡んだままだったため足を動かすことは難しく、体を捩ろうにも腰《こし》を摑《つか》まれているせいで身動きが取れなかった。

「痛い思いはしたくないだろう？」

「何する気――、……っ⁉」

秘《ひ》めた場所を指で押し開かれ、そこにぬるりとした感触が触《ふ》れた。舐められているのだと認《にん》識《しき》した瞬間、それまで以上の羞恥《しゅうち》で全身が熱くなる。

「嘘《うそ》、や、やめ、それやだ……ッ」

あまりの恥《は》ずかしさに拒《こば》もうとしたけれど、力の入らない体では好きにされるしかない。

窄まりの中に舌先を押し込まれる感触に、諒はソファに爪《つめ》を立て、歯を食い縛《しば》って耐《た》えた。

「う、ン、ぅん…っ」

体の内側を舐《な》められる感触に、その奥の疼きが酷《ひど》くなる。そこがやわらいでいくに従って、もどかしさが増していき、足のつけ根が強張っていった。

「も、やだ…や……っ、んん」

あまりに丁寧《ていねい》な愛撫《あいぶ》に気が遠くなっていく。これならいっそ、乱暴にしてくれたほうがずっといい。

体がぐずぐずに蕩《とろ》けていくような感覚に力なく喘いでいたら、不意にその刺激《しげき》が途絶《とだ》えた。ほっとしたのも束の間、舐め解《ほぐ》された場所に熱いものが押し当てられる。

「あ…ぁあ……ッ」

勢いよく貫《つらぬ》かれ、高い声を上げた。その衝撃《しょうげき》で小さく熱が弾《はじ》け、白濁《はくだく》がソファに散る。軽い絶頂に全身が甘く震える。

（すげー熱い……）

熱いだけでなく圧迫感《あっぱくかん》が酷く、息が詰まりそうだ。自分の体に欲情しているからこその質量に昂揚《こうよう》する。

深く繋《つな》がった部分はジンジンと熱く疼き、さらなる刺激を求めていた。

「すごいな、そんなに欲しかったのか？」

「……っ」

笑《え》みを含んだ揶揄《やゆ》の言葉を否定できないのは、織田を受け入れた体がどうしようもなく喜んでいるからだ。

いままで誰《だれ》かに抱《だ》かれたいと思ったことはなかったし、そうなる日が来るとも思わなかった。

それなのに、こんなに簡単に二度目に踏《ふ》み込んでしまったのはどうしてなんだろう。

体を使ってまで織田の執着《しゅうちゃく》を引き止めたかったのだろうか。

快感に痺《しび》れた腰《こし》を軽く叩《たた》かれ、取り留めもない思考が途切《とぎ》れた。

「……っ」

「少し力を抜け。こんなんじゃ動けないだろう」

ぴしゃりと叩かれた刺激にさえ反応し、奥まで飲み込んだものを一層締めつける。そのせいで、飲み込んだ織田の形を感じてしまう。

目を瞑《つぶ》ると、その脈動が自分のそれと重なり合った。

「ほら、中擦《こす》って欲しいんだろう？」

「ああ！　ぁ、あ……っ」

深く貫かれたまま腰を揺《ゆ》すられると、その振動《しんどう》にさえ感じてしまい、下腹部がひくひくと小刻みに震える。

初めのうちは隙間《すきま》なく嚙《か》み合っていたけれど、最奥《さいおう》を穿《うが》つような動きに快感が体の芯《しん》を走り抜け、織田を締めつけていた内壁《ないへき》が緩んできた。

「いっ…う、く…っ」

やがて、ガクガクという律動が抽挿《ちゅうそう》に変わる。ローションもクリームも使われていないせいで、引き攣《つ》るような痛みはあったけれど、いまはそれすら気持ちよかった。

ギリギリまで引き抜かれ、一息に穿ってくる。粘膜《ねんまく》が擦れる快感に、諒は体を仰《の》け反らせる。

「ぁ、あ、ぁあ！」

奥まで入り込んだ屹立《きつりつ》が、淫《みだ》らに諒の中を掻《か》き混ぜる。甘い痺れが体の奥から湧《わ》き上がり、押し出される声に色をつけた。

内壁を擦っていた硬《かた》い先端に、抉《えぐ》るように突《つ》き上げられた諒は一際《ひときわ》高い声を上げた。

「ひぁ…っ、あ、そこや……っ」

「それは感じすぎて嫌《いや》ってこと？」

「ぁあ…っ、あぅ……！」

感じやすい場所を探り当てられたかと思うと、織田はそこばかりを集中的に責めてくる。そんな突き上げの動きは激しさを増していった。

キツく摑《つか》まれた腰に指が食い込んで痛かったけれど、いまは与《あた》えられる快感を追うことだけで精一杯《せいいっぱい》だ。

「あっあ、ぁ、あ…っ」

激しく揺さぶられ、その振動に合わせて甘ったるい嬌声《きょうせい》が押し出される。規則正しいリズムを時折乱されるのがたまらない。

体の奥にある熱は脈動に合わせて疼《うず》き、逃《に》げ場を求めて暴れている。早く解放されたくて自ら腰を動かすと、それまで以上に荒々《あらあら》しく掻き回された。

律動は速くなり、諒を感覚のてっぺんまで追い詰《つ》める。

「あ、あ、や、ぁあ！」

強く穿たれた瞬間《しゅんかん》、目の前がチカチカした。それと同時にびくびくと腰が震《ふる》え、白濁が飛び散った。

織田は絶頂に震える諒の体を揺すり、何度か突き上げる。中で屹立が膨《ふく》れ上がったかと思うと、最奥で欲望が爆《は》ぜた。

「く……っ」

熱い吐息《といき》を零《こぼ》しながら果てた織田のまだ硬い欲望がずるりと抜け出ていく感触《かんしょく》に小さく喘《あえ》ぐ。

「んっ……」

蹂躙《じゅうりん》されつくされた諒の体はソファに崩《くず》れ落ちた。快感の余韻《よいん》は消え去らず、四肢《しし》を苛《さいな》んでいる。まだ疼きは治まりそうにない。

諒は力の入りきらない体を仰向《あおむ》けにし、膝《ひざ》を立てて挑発《ちょうはつ》した。

「まさか、これで終わりとか云《い》わねーよな？」

織田は一瞬苦い表情をしたけれど、その目に灯《とも》る炎《ほのお》はまだ燻《くすぶ》っている。無言で覆《おお》い被《かぶ》さってくる男の唇《くちびる》が触れる寸前、自分から噛みつくように口づけた。


気がついたときには、諒はベッドに寝《ね》かされていた。

体力の限界を超《こ》えても尚《なお》、煽《あお》って行為《こうい》を続けていたせいで最後は気絶するようにして意識を失った。

簡単な後始末はしてくれていったようで、諒はきちんと服を着せられていたし、酷いことになっていただろうソファも綺麗《きれい》になっていた。

織田は諒が眠《ねむ》っている間に出ていったようだ。あんなことのあとに、平然と顔を合わせてはいられないだろう。

（絶対、呆《あき》れられたよな……）

もしかしたら、怒《おこ》っているかもしれない。どちらにしろ、彼を不愉快《ふゆかい》な気持ちにさせたのは確実だ。

「俺は何がしたかったんだよ……」

いま、諒の胸を占《し》めているのは後悔《こうかい》と罪悪感だ。

女性と一緒《いっしょ》にいる織田を見た瞬間、鳩尾《みぞおち》のあたりが鉛《なまり》のように重くなった。苛々《いらいら》とした気分を持て余した挙げ句、八つ当たりして、挑発して。

それで精根《せいこん》尽き果てるようなセックスをして、何を得られたというのか。

一人にされたくない、自分を見て欲しい――まるで、子供のわがままだ。

（でも、何で…？）

見返りもなく守ってくれていた織田に、歪《ゆが》んだ独占欲《どくせんよく》を抱《いだ》いてしまったのだろうか。こんなにも自分の感情がコントロールできないのは初めてのことだった。

「……あれはないよなぁ……」

何度目かわからないため息をつく。

どう考えても、あれは絡《から》み酒だ。むしろ、それ以上に質《たち》が悪かった。どんなに言葉を尽くしても云い訳のしようもない。

重たい気持ちで起き上がると、サイドボードに置かれたメモに気がついた。

――自宅にいるから、出かけるときは電話をくれ。

織田の残していったメッセージだ。

「律儀《りちぎ》なやつ……」

胸を締《し》めつける切なさに気づかないふりをして、メモを握《にぎ》り潰《つぶ》してゴミ箱へと投げ入れた。

ベッドに潜《もぐ》り直して不貞寝《ふてね》を決め込みたいところだったけれど、いつまでも鬱々《うつうつ》としていても仕方ない。

冷たいシャワーでも浴びて気分を切り替《か》えようと思い立ち、諒は着替《きが》えを手にバスルームへと向かった。

「あー…体だる……」

体中悲鳴を上げており、いまは歩くのがやっとの状態だ。脱衣所《だついじょ》でよろよろと服を脱《ぬ》いだそのとき、鏡に映る自分の姿にはっとした。

「あ……」

あんなに激しいセックスをしたのに、下着で隠《かく》れる場所にしかその痕跡《こんせき》は残っていない。胸の先がいささか赤くなっているくらいだ。

腿《もも》のつけ根の際どい部分に残ったキスマークを指で辿《たど》る。あんな状況《じょうきょう》でも織田は、仕事で肌《はだ》を晒《さら》すことがある諒のことを慮《おもんぱか》ってくれていたようだ。

「……何か、ムカつくなー」

諒と同じように理性を飛ばしていたように見えて、それなりに余裕《よゆう》を残していたのだろう。気遣《きづか》いが嬉《うれ》しい反面、何故《なぜ》か不満を覚えずにはいられなかった。

5

昨夜から一睡《いっすい》もできないまま、朝を迎《むか》えてしまった。寝つきがいいことが自慢《じまん》だったのに、今日は血色も悪く、目の下に隈《くま》ができてしまっている。

「……モデル失格だ」

鏡に映る疲《つか》れた自分の顔に、力なく呟《つぶや》く。風呂《ふろ》に入れば少しはマシな顔色になるだろうか。

織田とは昨日から顔を合わせていない。今朝はいつものように起こしには来なかったし、諒から会いに行くのも気まずかった。

早く謝ってしまったほうがいいと思っているのだが、躊躇《ためら》っているうちに一晩経《た》ってしまった。何もかも投げ出して逃げ出したい気持ちでいっぱいだったけれど、自らの所業を思えばもう自棄酒《やけざけ》などできなかった。

「ん？　慰《なぐさ》めてくれるのか、鈴」

足下《あしもと》に擦《す》り寄ってきた鈴に、少しだけ気持ちがやわらぐ。荒《あ》れていたときは近寄ってもこなかったのに、こうして落ち込んでいると様子を窺《うかが》いにくる。猫《ねこ》は気まぐれだというけれど、飼い主の感情には敏感《びんかん》のようだ。

「やっぱり、あいつに謝ったほうがいいよな？」

鈴に同意を求めるけれど、じっと見つめてくるばかりで返事はない。自分で考えろということだろうか。

電話をかけるかかけまいか悩《なや》んでいる最中、着信音が鳴り響《ひび》いた。

「うわっ」

意識していたせいで、必要以上に驚《おどろ》いてしまった。織田からだろうかとドキドキしながら携《けい》帯電話《たいでんわ》を手に取った諒は、表示されている名前を確認《かくにん》して緊張《きんちょう》を緩《ゆる》めた。

「何だ、事務所からか……はい、神宮司」

『仲里です。ごめん、まだ寝てた？』

気の抜《ぬ》けた声で電話に出たせいで、寝起《ねお》きだと思われたようだ。そういえば、織田に生活を正すように云われる前は、用がなければいつまでもだらだらと眠っていることが多かった。

「大丈夫《だいじょうぶ》、起きてたよ」

『今日の午後の撮影《さつえい》なんだけど、スタジオが変わったって。いつも使ってるとこで不具合があったらしくて、急遽違《きゅうきょちが》うところを押さえたって』

今日の予定は雑誌に連載《れんさい》しているエッセイに添《そ》える写真の撮影に、企画《きかく》が上がっている写真集の打ち合わせの二つだ。

「わかった。場所どこ？」

『Kスタジオなんだけど、地図送らなくてもわかるよね？』

「うん、前によく行ってたし。でも、あそこって最近あんまり使われてないよな？」

Ｋスタジオは比較的《ひかくてき》古い小規模なスタジオで、以前はよく使われていたようだが、設備の整った新しいスタジオができていくに従って使用頻度《ひんど》が減っていった。

使用料金が安いため、いまはパンフレットの撮影などによく利用されているらしいが、諒はここ一年ほどは足を運んでいない。

『空いてるとこがそこしかなかったのかも。時間は同じだから、遅《おく》れないようにね』

「わかってる、一時からだよな。写真集の打ち合わせには仲里さんも来るんだろ？」

『うん。先に出版社に行って大まかなところを詰《つ》めておくから、撮影終わったら電話して』

「了解《りょうかい》」

念のため、手元のメモ帳に時間と場所を書いておく。

一時からの撮影なら十二時に家を出れば間に合うだろう。

——自宅にいるから、出かけるときは電話をくれ。

残してあったメモのことを思い出したけれど、織田に連絡《れんらく》を取る勇気はまだなかった。もっと、気持ちを整理してからでなければ向き合えそうにない。

「…………一人で行くか」

そう独りごち、引き出しにしまい込んでいた車のキーを取り出した。

「あれ…？」

辿り着いたKスタジオは何故か、しんと静まり返っていた。スタッフらしき人物どころか、以前は常に立っていた警備員の姿も見えない。

中に入って誰《だれ》かに訊《たず》ねてみようと思ったのだが、入り口には鍵《かぎ》までかかっていた。

「開いてもないってどういうことだよ」

そういえば、駐車場《ちゅうしゃ》には車が一台も停《と》まっていなかった。よくよく見てみると、スタジオの看板は色褪《いろあ》せ、他《ほか》の階にも明かりはついていない。

どう考えてもしばらく使用されていないといった雰囲気《ふんいき》だ。このスタジオで撮影が行われるとは到底《とうてい》思えない。

（どういうことだ…？）

通常ならすでに準備をしているはずだし、手違《てちが》いで鍵が開けられてないのだとしても、誰もいないのはおかしい。

不思議に思ってマネージャーに連絡を取ろうと携帯《けいたい》を取り出したら、誰かに肩《かた》を叩《たた》かれた。

「神宮司くん？」

「あ、加藤さん……」

嫌《いや》な顔をしてしまいそうになるのを堪《こら》え、小さく会釈《えしゃく》する。

「この間はすまなかったね。体調が悪いのに、無理強《むりじ》いしてしまって」

「いえ、こちらこそ失礼しました」

薬を盛ったのはお前だろうと詰《なじ》りたかったけれど、感情を抑《おさ》えて我慢《がまん》した。いまとなっては証拠《しょうこ》もないため、しらばっくれられたら自分のほうが不利になる。

「もしかして、今日の撮影も加藤さんなんですか？」

「ああ、また代打なんだ。体調不良と云《い》ってたかな。最近の奴《やつ》らは自己管理がなってなくて困るよ。まあ、お陰《かげ》でまた君に会えることになったわけだけど」

「そんなことより、スタジオ開いてないみたいなんですけど、加藤さんは何かご存じですか？」

敢《あ》えて加藤の言葉を聞き流し、問いで返す。加藤はムッとした顔をしていたけれど、見ないふりをした。まともに応対していたら、また都合よく解釈《かいしゃく》されないとも限らない。

「このスタジオ、ブレーカーが壊《こわ》れてて使えないから、急遽違うところを押さえたって連絡きたけど、君は聞いてない？」

「え、本来使うはずだったスタジオがダメだったから、ここで撮影することになったって聞いて来たんですが……」

「ここもダメだったってことだろう？　まったくツイてないよな」

「はあ…」

加藤は軽く云っているけれど、『ツイていない』ですむような話ではない。普通《ふつう》、機材にトラブルがないか、予約を入れる前に確認するはずだ。

(本当にこれって偶然《ぐうぜん》なのか?)

作為《さくい》的な面もあるように思えるのだが、はっきりとした疑念ではないため、上手《うま》く説明ができそうにない。

「――あれ? じゃあ、加藤さんは何でここに?」

撮影に使うスタジオが変わったことを知っているなら、ここに来る必要はないのではないだろうか。そんな疑問に、加藤は淀《よど》みなくその理由を口にする。

「僕のところにも、その連絡がついさっき来たばかりでね。誰かこっちに来てたら拾っていこうと思って覗《のぞ》いてみたんだ」

まるで云い訳を用意していたかのような滑《なめ》らかな口ぶりだ。もっともらしい説明だが、ますます疑惑《ぎわく》を深くする。

まず、場所が変更《へんこう》になったのなら撮影スタッフには真っ先に連絡が行くはずだ。そして、今日の撮影は諒一人を撮《と》るためにセッティングされたものであり、他の『誰か』が来ることはない。

「さあ、乗って。遅れると迷惑《めいわく》かかるから、急がないと」

「え?」

加藤はスタジオの前に停めたハーレーを指し示し、諒に後部座席に乗るよう促《うなが》してくる。

「いや、俺は自分の車があるんで……」

「道が不案内だろう？　帰りもここまで送ってあげるから心配しないで」

そう急《せ》かされるが、先日の一件を考えると加藤についていくのは不安だし、バイクに乗って彼と密着するのも嫌だ。

「大丈夫ですよ、車であとをついて行きますから」

「いいから乗って。遠慮《えんりょ》はしなくていいからさ」

「場所を教えていただければ、案内していただかなくても行けますよ。カーナビもついてますし――」

「ほら、ヘルメット。ちゃんと被《かぶ》らないと危険だからね」

固辞しているのに、無理矢理《むりやり》フルフェイスのヘルメットを押しつけられる。いきなり肩に腕《うで》を回され、ギクリとした。

「な、何ですか？」

「頼《たの》むよ、僕を困らせないでくれ」

加藤は耳元で囁《ささや》いてくる。耳殻《じかく》に触《ふ》れる生暖かい息に、ぞくりと悪寒《おかん》が走った。気持ち悪いだけではなく、その呼吸の仕方に覚えがあった。

（もしかして……）

無言電話から聞こえてくる荒《あら》い呼吸と似ている気がする。

加藤がストーカーなのだとしたら、色んなことに納得《なっとく》がいく。カメラマンならスタジオの控《ひか》え室などに隠《かく》しカメラを仕かけることは可能だろうし、望遠で撮られたと思われる写真が鮮明《せんめい》だったのもプロの手によるものだったからだろう。

織田を轢《ひ》こうとしたバイクはハーレーだったが、菅がひき逃《に》げにあったのもハーレーだったと云っていなかっただろうか。

よく見たら、加藤は撮影のための道具を何も持っていない。カメラすら持たずに仕事にくるのは、どう考えてもおかしい。

「どうしたの？　そんな顔して」

「い、いいえ、別に」

とにかく、いまは逃げたほうがいい。そう判断して、さりげなく距離《きより》を取ろうとしたけれど、加藤に腕を摑《つか》まれてしまった。

「どこに行くの？」

「車に忘れ物をしたのを思い出して……」

危機感を覚えていることを悟《さと》られないほうがいいだろうと思って愛想笑《あいそ》いを浮《う》かべたが、加藤は手を離《はな》してはくれない。

「どうしても必要なもの？　早く行かないと、撮影《さつえい》の時間に遅《おく》れるよ」

「そ、そうですね。じゃあ、事務所に連絡して車を取りにきてもらいますから」

そう云って携帯電話《けいたいでんわ》を取り出したけれど、通話ボタンを押そうとした手は加藤に遮《さえぎ》られた。

「電話はあとですればいいだろう。とにかく、急いだほうがいい」

「いや、でも、電話くらい――……っ」

首筋に冷たいものが押し当てられ、息を呑《の》む。それまでにこやかだった加藤の表情は、苛立《いらだ》ったものに変わっていた。

「いいから、僕の云うとおりにしてくれないか？」

「どういうつもりなんですか…？」

諒が警戒《けいかい》していることがバレてしまったのだろう。怯《おび》えているとは思われたくなかったため、毅然《きぜん》とした態度を取った。

「君が大人しくついてきてくれれば、こんなことしないですんだのに。素直《すなお》に僕に従ってよ。酷《ひど》いことはしたくないからさ」

「………」

意味不明な責任転嫁《てんか》をする加藤を睨《ね》めつけるが、刃物《はもの》を向けられている以上、抵抗《ていこう》することはできなかった。

（やっぱり、警察に行っておけばよかったかも）

しかし、ここまで常識外れなことをしてくるなんて思いもしなかった。織田の云うとおり、自分は甘すぎたのかもしれないが、後悔《こうかい》してももう遅《おそ》い。

いまさら取り繕《つくろ》っても、加藤はごまかされないだろう。覚悟《かくご》を決め、ストレートに問うことにした。

「あんた、自分が何してるのかわかってるのか？」

「少し強引《ごういん》な方法だけど、君ならいつか理解してくれると思ってる」

「理解？　ふざけるな、あんたがしてることは脅迫《きょうはく》だろう」

怒鳴《どな》りつけたい気持ちは何とか抑えたけれど、

「ふざける？　僕はいつでも真剣《しんけん》だよ。僕は君をあの男から助けたいんだ」

「助ける？　何云《い》ってるんだ？」

「僕にはわかってる。あいつが自分の立場を利用して、君をいいようにしてるってことをね」

加藤には織田の素性《すじょう》が知れているようだ。そして、デュヴェリエを後ろ盾《だて》にして諒を愛人にしていると思い込んでいるのだろう。

「それはあんたの妄想《もうそう》だ。彼はあんたが考えてるような人間じゃない」

「可哀想《かわいそう》に、すっかり洗脳されてるんだな」

「誰《だれ》が…っ――」

刃物の先が首の皮膚《ひふ》にちくりと刺《さ》さり、声が出なくなる。怯えるつもりはないけれど、さすがに恐怖感《きょうふかん》が込み上げてきた。背中に嫌《いや》な汗《あせ》が伝っていく。

「こうなったら、バイクは使えないな。君の車のキーはポケット？」

「触《さわ》るな…っ、あっ、返せよ！」

体を捩《よじ》って抵抗したけれど、ダウンジャケットのポケットから鍵《かぎ》を奪《うば》われた。取り返そうとしたけれど、顔の近くにある刃先《はさき》が気になって自由に動けず、逆に腕を背中に捻《ひね》り上げられてしまった。

「痛…っ」

「さあ、車のところに行こうか。素直に従ってくれ。どうするのが一番いいか、頭のいい君ならわかるだろう？」

「放せ…っ」

「大きな声を出さないでくれ。滅多《めった》に人は来ない場所だけど、万が一ってこともあるからな」

加藤はナイフの冷たい表面を押し当てながら、脅《おど》しをかけてくる。

周りにはオフィスが入っているような建物はあるけれど、生憎《あいにく》今日は土曜日だ。人通りはなく、助けを求める相手もいない。

（どうにかしないと……）

このまま連れていかれたら、今度こそ何をされるかわからない。隙《すき》を見て突《つ》き飛ばし、全力で走れば逃げられるだろうか。人気《ひとけ》のあるところまで行けば、助けを呼ぶこともできるはずだ。

「………」

押し黙《だま》り、加藤に従うふりをして足を踏《ふ》み出す。駐車場《ちゅうしゃ》のほうへと向かいながら、タイミングを計った。

ナイフを突きつけているという尋常《じんじょう》じゃない状況《じょうきょう》なのに、加藤は世間話をするように話しかけてくる。

「早く君に僕のスタジオを見せてあげたいよ。きっと気に入るだろうから。しばらくは不自由をさせるかもしれないけど、あの男を片づけるまでの間だけ我慢《がまん》して欲しいんだ」

「────」

加藤は諒を監禁《かんきん》し、その間に織田をまた狙《ねら》うつもりなのだろう。それだけはどうしても阻止《そし》しなければ。こうなったら、立場や世間体《せけんてい》を考えている場合じゃない。

そのとき、背後で車が走る音がし、加藤が足を止めたのがわかった。その瞬間《しゅんかん》を見逃《みのが》さず、諒はナイフを握《にぎ》った加藤の右手を摑み、力任せに肘鉄《ひじてつ》を打ち込んだ。

「ぐ…ッ」

呻《うめ》く加藤を突き飛ばして走りだそうとしたけれど、後ろから襟首《えりくび》を摑まれて引き戻《もど》されてしまった。羽交《はが》い締《じ》めにされ、鼻先にナイフを突きつけられる。

「びっくりさせないで欲しいな。大人しくしてくれないと、怪我《けが》をさせてしまうかもしれないだろう？」

「あんたに従うくらいなら、怪我したほうがマシだ！」

目の前の刃先に怯《ひる》むことなく、怒鳴りつけた。

このまま警察に駆《か》け込めれば、誘拐未遂《ゆうかいみすい》で逮捕《たいほ》してもらえるだろう。いっそ、怪我をさせられたほうが、傷害事件として取り扱《あつか》ってもらえるかもしれない。

「威勢《いせい》がいいな。そういうところも好きだけど、いまは君のわがままにつき合っている場合じゃないんだよ」

「放せ！　俺はあんたのものじゃない…っ」

加藤の手を摑み、顔から引き離そうと力を込める。

「どうして僕に逆らうんだ！」

「あんたに従う義理はない!!」

それなりに筋力に自信はあるほうだが、加藤も伊達《だて》にカメラマンをやってはいないのだろう。なかなか思うように押し返せない。

そうやって揉《も》み合っていると、目の前に見慣れた車が急ブレーキで停《と》まった。

「諒！」

「織田さん…！」

運転席から降りてきた織田は、諒を羽交い締めにしている加藤を鋭《するど》い眼差《まなざ》しで睨みつけた。視線だけで人が殺せそうな威圧感《いあつかん》に、諒まで鳥肌《とりはだ》が立ってしまった。

「諒を返してもらおうか」

「来るなぁっ！」

加藤は諒に突きつけていたナイフを、歩み寄ってくる織田に向ける。彼も織田の怒《いか》りを肌《はだ》で感じているのだろう。

「お前には諒は渡《わた》さない。立場を利用して諒を脅してるんだろう？　諒は僕と一緒《いっしょ》にいるほうが幸せなんだよ……！」

「諒がそう云ったのか？」

「諒の考えてることなら、云わなくてもわかる。僕と諒とは心が通じ合ってるからな」

「気持ち悪いこと云うな！」

加藤の言葉を反射的に否定する。冗談《じょうだん》でも出任せでもなく、本気で云っているのだろうが、その盲目《もうもく》的な妄想が恐《おそ》ろしい。

「そんなに照れなくてもいいじゃないか。君だって僕の傍《そば》にいるのが一番いいってわかってるだろう？　僕だけが君の本当の魅力《みりょく》をわかってあげられるんだから」

「んなわけねぇだろ!?　頭おかしいこと抜《ぬ》かしてんじゃねーよ！」

挑発《ちょうはつ》することになるとわかっていても、もう生理的な嫌悪《けんお》は隠《かく》しきれなかった。案の定、加藤の気に障《さわ》ったようで、再び刃先が諒へと向く。

「黙れ！」

「！」

「どうして、君は僕に逆らうんだ！　本当の君はそんなんじゃないだろう⁉」

「寝言《ねごと》云ってんじゃねぇよ。誰があんたに従うか」

「……っ」

「やめろ！　お前が憎《にく》いのは俺だろう。諒を危ない目に遭《あ》わせる必要がどこにある」

「お前がいるから、諒が素直《すなお》にならないんだな……」

見当違《ちが》いの恨《うら》み言を呟《つぶや》きながら、諒から手を離《はな》した。

「先にあいつを始末しないとな」

「うわっ…⁉」

加藤は諒を突き飛ばすと、織田へ飛びかかった。

「お前みたいなのがいるから悪いんだ！」

「！」

織田は突きつけられた刃先をすんでのところでかわした。だが、加藤はナイフをめちゃくちゃに振《ふ》り回しながら、再び向かっていく。

ギリギリで避《さ》ける織田のコートが切れたのを見た瞬間、一気に血の気が引く。頭の中が真っ白になったかと思うと、考えるよりも先に体が動いていた。

「やめろぉ…っ!!」

加藤に背中から飛びかかり、その動きを封《ふう》じようとしたけれど、振り払《はら》われてしまった。

「な……っ、邪魔《じゃま》をするな！」

「うあっ」

投げ飛ばされるようにして尻餅《しりもち》をつく。

加藤の意識が逸《そ》れた隙をつき、織田は間合いを詰《つ》める。そして、襟首と袖口《そでぐち》を摑《つか》んだかと思うと、足払《あしばら》いをかけて地面に引き倒《たお》した。

「ぐあ…っ、放…せ……っ」

「しばらく大人しくしていろ」

低い囁《ささや》きと共に、織田は加藤を締《し》め上げる。しばらく苦しそうな呻き声が聞こえていたけれど、やがて加藤の首がカクリと落ちた。

「し、死んだわけじゃないよな…？」

「気絶してるだけだ。すぐに意識を取り戻すだろうから、縛《しば》っておいたほうがいいかもな。見てないで、早く警察に電話しろ」

「わ、わかった」

慌《あわ》てて携帯電話《けいたいでんわ》を取り出し、まだ震《ふる》えている指で一一〇を押す。要領を得ない話し方で事情を説明すると、すぐに駆けつけてくれるとのことだった。

織田は自らのネクタイで加藤の手を後ろ手に縛り、ハーレーのタイヤに結びつけていた。これなら、目を覚ましても逃《に》げられることはないだろう。

「しかし、君も無茶《むちゃ》をする。こっちの心臓が止まりそうだった」

「その、気がついたら足が動いてて……。そうだ！　怪我はないのか？」

「大丈夫《だいじょうぶ》だ。このコートには縫合《ほうごう》処置が必要だろうがな」

軽口を叩《たた》く織田の無事な姿に、肩《かた》の力が抜ける。自分が助かったことよりも、織田が無事だったことのほうが嬉《うれ》しかった。

「どうして、ここにいるってわかったんだ？」

「お前の部屋に行ったら出かけたあとだったから、慌てて追いかけたんだ。予定のスタジオに行ったら、お前がまだ来ていないと云《い》われてな。おかしいと思って、仲里氏に連絡《れんらく》を取ったんだ」

「これって加藤の罠《わな》だったんだな」

「ああ、そうだろうな。諒に届いたフレグランスとこいつの匂《にお》いが同じものだったから、以前からもしかしたらと思ってたんだ。確証が持てるまで不用意なことは云わないほうがいいと思っていたんだが、こんなことなら早く手を打っておくんだった。すまん、俺の不手際《ふてぎわ》だ」

「全然気づかなかった……」

加藤の態度に不快感を覚えつつも、ストーカーと結びつけて考えることはなかった。

「とにかく、君が無事でよかった」

「……ごめん、約束破って一人で出かけて……」

「謝るな。俺も悪かったんだ。年長者として諭《さと》してやらなきゃいけなかったのに、頭に血が上って我を忘れた」

「…………」

「体、辛《つら》くないか？」

「……うん……」

優《やさ》しい問いかけに、じんと胸が熱くなる。込み上げてきそうになった涙《なみだ》は男の意地で耐《た》えたけれど、いま織田の顔は正視できそうになかった。

彼を失いたくない——あの瞬間《しゅんかん》、そう強く思った自分がいた。

(俺、この人が好きなんだ)

やっと、気づいた。終わった恋《こい》に惑《まど》わされて目が曇《くも》っていたけれど、とっくに新たな恋に落ちていたのだ。いや、元々麻倉への気持ちは恋ではなかったのだろう。ないものねだりの憧《あこが》れと友情を恋愛《れんあい》のそれとはき違えていただけだったのだ。

「——」

「どうした？」

「あ、あのさ、俺——」

思い切って、気づいたばかりの想《おも》いを告げようとしたけれど、近づいてくるパトカーのサイレンの音に遮《さえぎ》られる。

「……やっぱ、いいや」

怪訝《けげん》な顔をする織田に、何でもないと笑ってごまかす。こちらの決着は後回しにするしかないようだった。


加藤を警察に引き渡《わた》し、被害《ひがい》届けを出したあと、やっと帰途《きと》に就《つ》くことができた。後日、起《き》訴《そ》されることになるだろう。

事情が事情だったため、今日の仕事はキャンセルしてもらった。いま頃《ごろ》、仲里がその調整に奔走《ほんそう》してくれているだろう。

「…………」

「…………」

マンションに帰り着いたのはいいのだが、緊張《きんちょう》しているせいで何を喋《しゃべ》っていいかわからない。

部屋まで送ってもらったところで沈黙《ちんもく》に耐えかね、自分から声をかけた。

「あ、上がってくだろ？　お茶くらい入れるし、鈴にも会ってってやってよ」

「……ああ」

「鈴、ただいま」

やっと二人きりになれたことは嬉しかったけれど、自分の気持ちに気づいてしまったせいで、必要以上に意識してしまう。

（うう、緊張で死にそう……）

出迎《でむか》えにきてくれた愛猫《あいびょう》を抱《だ》き上げて緊張を紛《まぎ》れさせようとしたら、するりと腕《うで》の中から逃げられてしまった。

「あっ、鈴どこ行くんだよ」

呼び止めると、鈴は物云いたげな視線をちらりと投げかけ、リビングへと行ってしまった。

猫《ねこ》に見捨てられて呆然《ぼうぜん》としていたら、突然《とつぜん》バスルームのドアを開けられ、その中に押し込まれた。諒はいきなりのことに面食《めんく》らう。

「な、何なんだよ、いきなり」

「その匂いを落とすまで出てくるな」

ダウンジャケットを強引《ごういん》に脱《ぬ》がされ、命令された。

「匂い？」

「そのままだと俺が何するかわからない」

織田はそう云って、ドアを閉めようとする。自分ではわからないけれど、加藤に羽交《はが》い締《じ》めにされたときに移《うつ》り香《が》がついてしまったのだろう。

その匂いが気になるということは、いまでも少しは好きだと思ってくれているということだろうか。狡《ずる》いとは思ったけれど、諒は試《ため》すようなことを口にしてみた。

「別に何されてもいいけど」

「諒、そうやっていい加減なことは云うな」

「いい加減ってどういうことだよ」

どう反応してくれるだろうかという気持ちはあったけれど、嘘《うそ》や出任せを云ったわけではない。呆《あき》れた様子で諭してくる織田に、少しだけムッとする。

「よく考えもせずに自分を安売りするなと云ってるんだ。色々あって苛《いら》つく気持ちもわかるが、自暴自棄《じぼうじき》に振《ふ》る舞《ま》ってあとで傷つくのはお前だろう」

「誰《だれ》が自暴自棄になってるっつーんだよ！」

「自覚もないのか？」

「……っ、俺はあんただから――」

特別に想っているからこそああ云ったのだと云おうとして、自分の言葉の説得力のなさに気づき口を噤《つぐ》む。

昨日、あんな酷《ひど》い言葉を投げつけておいて、いまさら好きだったから甘えていたのだと云っても、すぐには信じてはもらえないだろう。

(だけど――)

信じてもらえるまで言葉を尽《つ》くすことはできる。

「昨日のことは謝る。嫉妬《しっと》して、八つ当たりするなんて最低だと思う。ほんとごめん」

「嫉妬？」

織田は意外な言葉を聞いたと云わんばかりの顔で訊《き》き返してくる。何から説明すべきか迷ったけれど、結局、順を追って話すことにした。

「昨日、見たんだ。あんたが近くの喫茶店《きっさてん》で女の人と二人でいるところ。何か、それ見てすげームカついた。でも、そのときはどうしてムカついてるのか全然わかんなくて、腹減ってるせいだろうって思ってさ。そんな状態で帰ったらあんな騒《さわ》ぎを知らされて、苛々《いらいら》してるところにあんたが帰ってきて、つい……」

「ちょっと待て。まるで、俺が好きだって云ってるように聞こえるんだが」

「好きだよ」

額を押さえて眉間《みけん》に皺《しわ》を寄せている織田に、躊躇《ためら》いなく告げた。思っていたよりもすんなりと云えたことに自分でも驚《おどろ》いたけれど、それと同時にほっとしていた。

「俺、あんたのこと好きみたいだ」

諒の顔を見つめたまま織田が黙《だま》り込んでいるのは、もしかしたらよく聞こえなかったのかもしれない。そう思って、もう一度ゆっくりと偽《いつわ》りのない気持ちを言葉にした。

だが、やはりと云うべきか、織田はすんなりと「そうか」と受け入れてはくれなかった。

「危ない目に遭《あ》ったから、あのときそう感じただけじゃないのか？」

織田は慎重《しんちょう》に言葉を選びながら訊いてくる。

「そんなことないって！」

「そもそも、君には好きな子がいるだろう」

「そりゃ、麻倉のことは好きだけど、あんたに対する気持ちとは違《ちが》ったんだよ。恋愛感情じゃなかったっていうか……」

麻倉のことが好きだと思い込んでたから、ずっと織田に対して感じるもやもやとした感情が恋愛のそれとはわからなかったのだ。

いまさら、都合のいいことを云《い》うなと思われるかもしれないけれど、他《ほか》に云いようもない。

「それを云うなら俺に対する気持ちだって、恋愛感情とは違うんじゃないのか？」

「だから、そんなことないって!!」

「どうしてそう云いきれるんだ。今朝だって、俺の顔を見たくないから、声をかけずに出ていったんだろう？」

「合わせる顔がなかっただけだよ」

酔《よ》っぱらって絡《から》んで、あられもない痴態《ちたい》を見せたあとに平然と顔を合わせられるほど、図太い神経をしていない。

「麻倉と一緒《いっしょ》にいるのは楽しいけど、それだけなんだ。他のやつのものだってわかったときも、ムカついたりはしなかった。それは踏《ふ》んできた場数のせいだろうって驕《おご》ってた。でも、それは本気で人を好きになったことがないからだったんだよな。経験豊富だなんて、笑わせるよな」

自嘲《じちよう》的な笑《え》みを浮《う》かべ、一旦《いったん》言葉を切る。思い返す過去の自分は、図に乗っていて痛々しい。若気の至りと切り捨てるには、記憶《きおく》が鮮明《せんめい》すぎる。

「けど、あんただと勝手が違って、自分じゃどうしていいかわかんなかった。女と一緒にいるのを見ただけで苛つくし、俺以外見て欲しくないって思う自分にびっくりした」

「それはただの独占欲《どくせんよく》じゃないのか？　子供が親に感じるものと似たようなものだろう」

「違うって！」

「どう違うんだ」

なかなか信じてもらえない諒ももどかしかったけれど、織田のほうも困惑《こんわく》しているようだった。諒の好意は認められても、それが自分と同じものであるとは信じられないようだ。

（ああもう…っ）

回りくどい説明が面倒《めんどう》になり、云いたくなかった決定的な理由を投げやりに云い放った。

「だから、ヤりたいかヤりたくないかだろ!?」

「や……」

「俺があんた以外にあんなこと許すと思ってんのかよ！」

酔った勢いだったとしても、どうでもいい相手に抱かれたくはない。

完全に逆ギレだったけれど、落ち着いて話せる内容でもない。諒の照れ隠《かく》しの憤《いきどお》りに、織田はしばらく唖然《あぜん》としていた。

「――つまり、君は俺に欲情するということか？」

「そういう云い方すんなっ」

身も蓋《ふた》もない問いかけに、全身が熱くなる。

キスしたい、触《さわ》りたい、抱きしめたい。

肉体的な接触《せっしょく》をされて欲情することはいままでにもあったけれど、誰かを思い浮かべてそんな欲求を強く抱《いだ》くことは初めてだった。

しかし、それを言葉にしても体だけが目当てのように聞こえかねない。思い余った諒は、織田を強引にバスルームに引っ張り込んだ。

「おい、諒――」

シャワーを頭から浴びせて外に出られないようにしてから、壁《かべ》に押しつけ、前置きもなく口づけた。一瞬《いっしゅん》、驚きに目を瞠《みは》った織田だったが、すぐに諒を引き剝《は》がした。

「何だよ。嫌《いや》なのかよ」

「そうじゃないが……」

「嫌じゃないなら、据《す》え膳《ぜん》くらい大人しく食っとけ」

そう云って、織田の下唇《したくちびる》を甘嚙《あまが》みする。歯列を舐《な》め、口腔《こうこう》に舌を捩《ね》じ込んでやった。

織田は数拍《はく》の躊躇いのあと、諒の舌に自分のそれを絡めてきた。ざらりと擦《こす》れ合う感触《かんしょく》に、ざわりと肌《はだ》がおののく。

上顎《うわあご》を舌先でくすぐられ、ぴくりと肩《かた》が跳《は》ねる。何度も角度を変えながらも、お互《たが》いの唇を貪《むさぼ》り合った。

「んっ、んぅ……っ」

織田は搦《から》め捕《と》った舌を吸い上げながら、背筋を辿《たど》り、腰《こし》の曲線を撫《な》でる。その手がそのまま降りていったかと思うと、尻《しり》を掴《つか》んで揉《も》みしだいてきた。

「んん、ぁ、ん」

指が狭間《はざま》に潜《もぐ》り込み、その奥にある窄《すぼ》まりを服の上から探《さぐ》ってきた。その感触に内腿《うちもも》に力が入り、腰の奥がずくりと疼《うず》く。

気が遠くなるような長い長い口づけを終えると、唇が腫《は》れぼったくなっていた。それでも名残惜《なごりお》しくて、縋《すが》るようにキスをせがんだ。

「もっと……ん、ん」

織田は諒に好きにさせながらも、いやらしく体をまさぐってくる。体の中心に熱が集まり、そこが張ってきていた。

膝《ひざ》に力が入らなくなってくると、腰を抱き寄せられる。密着する体はさらに昂揚《こうよう》し、より一層鋭敏《えいびん》になった。

「あ…っ、あ!」

織田がぐっと指で窄まりを押してくる。その刺激《しげき》に背中を撓《しな》らせた諒の首筋に、嚙《か》みついた。歯を立てた場所を舐め、吸い上げる。

「しばらく休み取れるか？」

「え…？」

「今日はさすがに自制できそうにない」

苦い呟《つぶや》きに、織田の余裕《よゆう》のなさを知る。笑ってやろうとしたけれど、自分もいっぱいいっぱいだったようで声が上擦《うわず》ってしまった。

「明日は、元々仕事入ってないし……」

「それはよかった」

「あっ…」

膝で足を割られ、股間《こかん》に腿《もも》を擦りつけられる。腰を引こうとしたけれど、逆に引き寄せられてしまった。

織田はジーンズの中で膨《ふく》らんだ欲望を足で刺激してくる。

「や、あ…っん、んん！」

喘《あえ》ぐ口をキスで塞《ふさ》がれる。舌先をキツく吸い上げられた刺激で、達してしまった。下腹部が痙攣《けいれん》するように震《ふる》え、じわりと下着が生暖かく濡《ぬ》れた。

欲望を放っている最中も腿で擦られ、さらなる放埒《ほうらつ》を促《うなが》される。諒は織田の服を摑んで肩口《かたぐち》に顔を伏《ふ》せ、快感に耐《た》えた。

「いっぱい出したか？」

「……ッ」

あっさりとイカされてしまったことに敗北感を覚える。このままだと、一方的に翻弄《ほんろう》されるばかりだ。思い切って織田の体を押し返し、宣言した。

「今日は俺もやる」

「やるって何を——」

諒が織田の足下《あしもと》に跪《ひざまず》くと、少し慌《あわ》てた様子で制止してきた。

「よせ、慣れないことはしなくていい」

「俺がしたいんだよ」

ポジションに不服はないけれど、常に受け身でいるのは物足りない。

下着から引きずり出した織田のそれはすでに熱を持ち始めていた。躊躇《ためら》いながら唇を寄せる。先端《せんたん》に触《ふ》れても嫌悪《けんお》感を覚えないことを確認《かくにん》し、そろそろと舌を出した。

「諒、待て、……っ」

先端を軽く吸ってみると、織田が息を詰《つ》めた。思っていたよりも反応がよくて嬉《うれ》しくなる。

「けっこう平気っぽい。つーか、これすげぇ興奮する」

全体を指で扱《しご》きながら、裏側を舐め上げる。自ら同性のものをしゃぶる日が来るとは思ってもいなかったが、初めてのわりにはコツを摑んでいるほうだと思う。

諒は自分がされたときのことを思い出して、夢中で舌を動かした。織田のそれはどくどくと力強く脈打ち、舌を這《は》わせているうちに反り返るほどに張り詰めていく。

「うわ、ちょっとやばくね？」

「そう思うなら、やめておけ」

「そうじゃなくてさ……」

平常時でも充分《じゅうぶん》な大きさではあったけれど、臨戦態勢になるとまた迫力《はくりょく》が違《ちが》う。これが何度も自分の中に入ったのだということが信じがたい。

穿《うが》たれたときの感覚を思い出すと、腰の奥が疼いてしまう。気がつけば、達したばかりの自身もまた芯《しん》を持ち始めている。

自ら慰《なぐさ》めたくなるのを堪《こら》え、織田を高めることに集中した。先端を口に含《ふく》み、舌を絡《から》めながら吸い上げると、織田は小さく呻《うめ》いた。

こうなったら、喘がせてやりたい。そう思い、喉《のど》の奥まで昂《たか》ぶりを飲み込んだ。

「ん、んん……っ」

「……諒、もういい」

もういいと云《い》われると、何としてでもイカせたくなる。

えずきそうになる寸前で止め、唇で締《し》めつけながら引き抜《ぬ》いていく。そうやって頭を動かして唇で扱きながら、つけ根の膨らみを手の平で揉んだ。

「いい加減に放せ、本気でまずい」

焦《あせ》る織田に気をよくし、頭を引き剝がそうとする手に抵抗《ていこう》した。意地でも放さないと舌を絡める諒と織田の攻防《こうぼう》はしばらく続いたが、結局力負けしてしまった。

「あ……っ」

負けたと思ったその瞬間《しゅんかん》、織田の昂ぶりは唇から抜け出た弾《はず》みに欲望が爆《は》ぜ、白濁《はくだく》が飛び散った。とろりとした体液が諒の顔を汚《よご》し、その生暖かい感触にぞくりと背筋がおののく。

しばらく何が起きたかわからずに呆然《ぼうぜん》としていたけれど、ふと思い立って頰《ほお》についたそれを指で拭《ぬぐ》って舐めてみる。

「わ、何すんだよ！」

覚えのある味を舌に載《の》せていたら、顔にシャワーを浴びせられた。

「そんなもの舐めなくていい」

「あんただって俺の飲んだじゃねーか」

「俺はいいんだよ」

「何だよその理屈《りくつ》」

シャワーヘッドを手で除《よ》けて見上げた織田は、バツの悪そうな顔をしていた。

（もしかして、俺の勝ち？）

してやったりとほくそ笑《え》んでいたら、脇《わき》の下に手を入れられて立たされた。

「何？」

「服を脱《ぬ》げ。俺が洗ってやる」

「い、いいよ、自分で」

服を剝ぎ取ろうとしてくる織田の手を押さえる。自分から裸《はだか》になることは平気なのに、黙《だま》って脱がされるのは気まずい。

「汚した責任は取らないとな。それに下着が濡れて気持ち悪いだろう？」

「云うなっ」

意識しないようにしていたことを思い出させられ、顔が熱くなる。からかうつもりなのかと思って窺《うかが》い見た織田の顔は、意外にも真面目《まじめ》なものだった。

「お前は俺のを脱がせてくれ」

「あ、うん」

濡れたシャツのボタンに指をかけようとしたら、織田の唇《くちびる》が目に入った。薄《うす》く開いたそこから覗《のぞ》く赤い舌が艶《なま》めかしい。

諒は自分の唇を舐《な》めてから、お菓子《かし》をねだる子供のように云った。

「もっかいキスしていい？」

「いくらでも」

ふっと微《かす》かに浮《う》かんだ笑みに胸が熱くなる。背伸《せの》びをして口づけた唇は、何故《なぜ》か甘く感じられた。

洗うと称《しょう》して弄《いじ》り回された体は、すでに息も絶え絶えだった。織田は諒を容赦《ようしゃ》なく煽《あお》り立ててくるのに、いざイキそうになると我慢《がまん》させる。場所を寝室《しんしつ》に移したあとも責め立てられるばかりで、逃《に》げ場のない快感におかしくなりそうだった。

「んん、ン、う」

後ろから抱《だ》きかかえられ、足を開かされた状態で、芯を持って勃《た》ち上がった自身をさっきからずっと弄《もてあそ》ばれている。指先までがジンジンと熱を持って疼《うず》き、逆らう気力もない。

もう一方の手は下唇を弄んだり、口の中に指を押し込んだりと、諒の口腔《こうこう》を嬲《なぶ》っていた。口を開かされているせいで、飲み下せなかった唾液《だえき》が口の端《はし》を伝って落ちる。

やがて、口腔を抜き差ししていた指が抜かれると、くぐもっていた声がはっきりするようになった。

「んぁ、あ、も…許して……っ」

「まだだ。一度出してるんだから、まだ我慢できるだろう？」

「な…んで、こんな……っ」

「そうだな、一人で出かけたお仕置きといったところか」

「うそ…だっ……ぁうっ」

唾液で濡れた指が乳首《ちくび》を摘《つま》む。抓《つね》るようにされ、びくんっと肩《かた》が跳《は》ねた。ぬるぬるとした感《かん》触《しょく》が気持ちよくて、諒は甘い吐息《といき》を零《こぼ》す。

バスルームでも散々嬲られたそこは、昨日以上に腫《は》れぼったくなっていた。

（つーか、『お仕置き』じゃなくて『仕返し』の間違《まちが》いだろ……）

諒が口でイカせたことを根に持っているような気がするが、そんなことを訊《たず》ねたら、もっと酷《ひど》い目に遭《あ》わされそうだったため口を噤《つぐ》んでいた。

「何考えてる？」

「ぁ、ン…っ」

「こんな状態で他《ほか》のこと考えてるなんて余裕《よゆう》だな」

「ちが…っ、あ、あっ」

昂ぶりを扱く指の動きが速くなり、一層諒を追い上げる。だが、限界が見えた瞬間、根本を締めつけられ、快感を塞《せ》き止められた。

「や、なっ…!?」

「イクなら一緒《いっしょ》がいいだろう？」

織田はそう云って、諒をベッドに俯《うつぶ》せにしようとした。また後ろからの体勢でするつもりなのかもしれない。

「待っ……、後ろからはやだ……」

はあはあと喘《あえ》ぎながら主張する。無理のない体位なのはわかっているが、顔が見えないのが嫌《いや》だった。

「じゃあ、上に乗るか？」

「ん」

小さく頷《うなず》いて体の位置を変え、織田の膝《ひざ》を跨《また》ぎ肩を摑《つか》む。

快感に蕩《とろ》けた体はまるで芯がなくなってしまったかのように力が入らず、どこかに摑まっていないと崩《くず》れ落ちてしまいそうだった。

間近で見る端整《たんせい》な顔立ちに見蕩《みと》れかけていたら、織田が呟《つぶや》いた。

「ここ、腫れてるな」

「あんたがしつこくするからだろ…っ」

「何云ってる。君が気持ちよさそうにするからだろう」

ほら、と云って胸の尖《とが》りに舌を這《は》わせた。ぬるりとした感触に、腰《こし》が震《ふる》える。

「あ…っ、や、舐め…んな……っ、って、嚙《か》むなよ…！」

織田は笑いながら、諒の揚《あ》げ足を取るように責めてくる。何をしても過敏《かびん》に反応する諒を弄んでいるのだろう。

そうやって、胸への刺激《しげき》に意識を集中させていたら、不意に後ろの狭間《はざま》に何かを塗《ぬ》りつけられた。

「ひぁ…っ」

すぐそこにスキンケア用のオイルの容器が放ってあるのが見える。

織田がバスルームから持ってきていたのだろう。濡《ぬ》れた指で何度か窄《すぼ》まりを撫《な》でられたあと、それが中に入り込んできた。

「ん……ッ」

侵入《しんにゅう》してきた異物を内壁《ないへき》が締《し》めつける。指の形がはっきりとわかり、小さな動きでさえ感じ取ってしまう。

「そんなに締めるな」

「だっ…て、あ、はっ、ぅんん」

指の腹で円を描《えが》くように襞《ひだ》を撫でられ、入り口を押し開かれる。織田は浅い部分を抜《ぬ》き差ししながら、強張《こわば》りを解《ほぐ》してきた。

徐々《じょじょ》に緩《ゆる》んでいくに従って、指が奥に進んでいく。感じる場所を掠《かす》めるように内壁を擦《こす》られ、甘い声が上がった。

「ぁあっ、ぁ、ぅ」

ぐりぐりと粘膜《ねんまく》を指で押し込まれるたびに、腰が浮く。ぬるぬるとした感触も気持ちよくて、たまらない。

「腰が動いてるぞ」

「はっ……云《い》う……な……っ」

指摘《してき》され、先端《せんたん》から雫《しずく》を溢《あふ》れさせている自身を織田の腹に擦りつけている自分に気づいた。慌《あわ》てて動きを止めようとしたけれど、快感を求める体は云うことを聞いてくれない。

「や、あ……っん、ぅ」

一瞬《いっしゅん》、異物感がなくなったかと思うと、二本に増やされた指が押し込まれた。オイルも足されたらしく、中を掻《か》き回されるといやらしい水音が立つ。

根本まで入った指が体の中でばらばらに動き、諒を追い詰めていく。

「や、ぁう、ん」

「柔《やわ》らかくなってきたな。ひくついてる」

「ぅん、ン、んんっ」

織田の云うように、押し広げられる粘膜が小刻みに痙攣《けいれん》している。

「指だけでイクなよ」

「知るか……っ」

すでに何度も限界を超《こ》えそうになった体は、自分では制御《せいぎょ》できない。いまはただ、より深い快感が欲しかった。

「なあ…っ、も、それいい…から…っ」

「いいって何が？」

「バカ、わかってんだろ」

「じゃあ、入れてって云ってみろよ」

「……っ、わざわざ云うな！」

抱かれる立場で改めて確認《かくにん》されるのは、微妙《びみょう》に恥《は》ずかしい。多分、織田は恥ずかしがる諒を見て楽しんでいるのだろう。

この男の本性《ほんしょう》をこんなところで垣間見《かいまみ》ることになるとは思わなかった。頬《ほお》を赤らめて睨《にら》みつけると、口の端を引き上げて笑う。

「今日は勘弁《かんべん》してやるか」

「あんたなぁ……っん」

ひくつく窄まりから指が引き抜かれ、その代わりに熱いものが押し当てられる。本能的な恐《きょ》怖《うふ》と期待感に震えが走り、思わず織田の首にしがみついた。

「自分で入れられるか？」

問いかけに意地で頷き、ゆっくりと腰を落としていく。だが、先端を飲み込むのが精一杯《せいいっぱい》で、それから先、動けなくなってしまう。

「う……く……」

「全然入ってないぞ」

「待っ……あぁっ」

息を詰めて体が馴染《なじ》むのを待っていたら、いきなり背筋を指でなぞり上げられ、足から力が抜けた。体重で体が沈《しず》み、一息に奥まで受け入れてしまう。

勢いよく内壁を擦り上げられた快感と圧迫感《あっぱくかん》に声も出ない。体を強張らせて固まっていると、優《やさ》しく頭を撫でられ、軽く触《ふ》れるだけのキスをされた。

「よくできたな」

「ばか……っ」

掠れた声での悪態は、甘い響《ひび》きになってしまう。ちゅ、と首筋や耳朶《みみたぶ》に口づけられ、くすぐったさに目を眇《すが》めた。

織田は肩《かた》で息をしている諒の腰を掴み、ゆっくりと揺《ゆ》さぶってきた。

全身の神経が怖《こわ》いくらい敏感《びんかん》になっているせいで、微《かす》かな振動《しんどう》ですら繋《つな》がった場所が蕩けてしまいそうに感じる。

「あっ、ぁ、あ……っ」

だんだんとその動きが大きくなってくると、押し出される声も艶《つや》を増していった。自分のどこからこんな声が出ているのかと不思議に思う。

律動に意識を飛ばしかけていたら、下から大きく突《つ》き上げられた。

「ぁあ…っ」

「摑まってろよ」

「え…？　あっ、ぁあ、ぅ…っ、なんか、すご……っ」

感じやすいところを抉《えぐ》るように穿《うが》たれる快感に、諒は喉《のど》を仰け反らせる。痛いくらいに張り詰めた自身が引き締まった腹部に擦《こす》れ、ひくひくと痙攣していた。

繰《く》り返される突き上げに、わけもなくかぶりを振《ふ》る。

「あぁっ、い、あ…っ」

繋がったままベッドに押し倒《たお》され、捩《ね》じ込むように穿たれた。

相手の顔が見えるということは、自分の顔も見られているということだ。こんな近くで喘《あえ》ぐ様子を見つめられているのだと思うと、羞恥《しゅうち》で体が熱くなる。

顔を背《そむ》けようとするたびに口づけられ、視線を外すことはできなかった。

お互《たが》いの唇《くちびる》を貪《むさぼ》り合うけれど、激しい律動のせいですぐに解けてしまう。それでも諒は、夢中になって舌を絡《から》めた。

休みなく責め立てられ、ベッドが軋《きし》む。

「あ、も…っ、無理、もういく……っ」

織田の首に縋《すが》りついて、あられもなくねだる。

「俺もだ」

そう云って、掻き回すように腰を送り込んでくる。壊《こわ》れてしまいそうなくらいの荒々《あらあら》しい動きに振り落とされないよう、必死に織田の肩にしがみつく。

そして、高いところから突き落とされるように熱を手放した。

「あっあ、あ、んー…っ」

絶頂を迎《むか》えると同時に、内壁が飲み込んだ屹立《きつりつ》を締めつける。織田は諒の中で大きく震《ふる》え、最奥《さいおう》に熱いものを叩《たた》きつけた。

織田は諒の上でしばらく息を詰めていたけれど、やがてどさりと体を落としてくる。諒は自分と同じように浅い呼吸を繰り返している織田の背中に腕《うで》を回し、強く抱《だ》きしめた。

6

「諒、いつまで寝《ね》てるつもりなんだ。もう昼になるぞ」

寝室《しんしつ》でごろごろとしていた諒は、起こしにきた織田に恨《うら》めしげな目を向けた。

「誰《だれ》のせいでこんなになってると思ってるんだ」

「それは共同責任だろう。何度もねだってきたのは誰だ？」

「そこはあんたが自制すべきだろ！」

責任の一端《いったん》は自分にもないわけではないが、年上である織田が制御すべきではなかろうか。

昨夜は織田の部屋に泊《と》まったのだが、あまりの居心地《いごこち》のよさに、入り浸《びた》るようになってしまった。織田の休暇《きゅうか》がもう少しで終わることもあって、離《はな》れがたいせいもあるけれど。

「あんなに可愛《かわい》くねだられて拒《こば》めると思うか？」

「……あんたも大概《たいがい》、目がおかしいよな……」

まがりなりにも一八〇センチ近い男を可愛いなどと云《い》うのは、織田くらいのものだろう。

「諒は可愛いよ。そうやって、拗《す》ねてるところも」

「あーっ、そういう鳥肌《とりはだ》立つこと云うな！　起きるよ！　起きればいいんだろ!!」

歯が浮《う》きそうな言葉をこれ以上云われたらたまらない。気怠《けだる》い体を叱咤《しった》して、キングサイズのベッドから抜《ぬ》け出した。

あの誘拐未遂《ゆうかいみすい》の一件から約一週間。加藤は余罪を追及《ついきゅう》され、いくつかの罪でも再逮捕《たいほ》された。やらせ記事を作った倉田は自分の売名行為《こうい》だったと謝罪会見を開き、諒の汚名《おめい》は雪《そそ》がれることになった。聞いた話によると、彼女は加藤に入れ知恵《ぢえ》されてあんなことをしたらしい。わざわざマスコミ向けに会見が開かれたのは、織田が手を回したためのようだ。本人は惚《とぼ》けているけれど、彼女の事務所に何らかの圧力をかけたのではないかと思っている。

(俺って愛されてるよなー……)

至《いた》れり尽《つ》くせりの状況《じょうきょう》にしみじみとそう思う。昨夜脱《ぬ》ぎ散らかしたはずの服は綺麗《きれい》に畳《たた》まれてスツールに置いてあるし、きっとダイニングには食事も用意してあるだろう。

顔を洗ってからリビングに行くと、予想通り、淹《い》れ立てのコーヒーが準備されていた。

「……あんたさ、俺をこんなに甘やかしてどうする気なの?」

「甘やかしてるつもりはないが、俺なしじゃいられない体にはしてやりたいね」

「洒落《しゃれ》にならないんですけど」

唇を尖《とが》らせて不満げに云いながらも、満更《まんざら》でもない自分に呆《あき》れる。

「そうだ。あいつ、明日帰国するみたいだけどどうする?」

「あいつって?」

誰のことかわからずに訊《き》き返すと、すっかり頭の隅《すみ》に追いやられていた人の名前が出てきた。

「ルイだよ。しばらく休暇も兼《か》ねて日本観光してたんだが、やっと帰ってくれるらしい。見送りにお前を連れてこいって騒《さわ》いでる」

「行く！」

間髪《かんはつ》入れずに返事をすると、織田は心底嫌《いや》そうな顔をした。

「……そんなに喜ばれると連れていきたくなくなるな」

「何だよ、妬《や》いてんのか？　俺はあの人のファンなだけだって云ってるだろ」

恋心《こいごころ》とファン心理はまったく違《ちが》う種類のものだと云っているのに、織田には理解しきれないようだ。

「どうだか。俺にはそんな顔してみせたことないくせに」

拗ねる様子がおかしくて、肩を震わせて笑っていたら携帯電話《けいたいでんわ》が鳴った。手に取った携帯の画面には知らない番号が表示されている。

一瞬《いっしゅん》、ドキリとしたけれど、無言電話をかけてきていた犯人はもう捕《つか》まったのだ。きっと、事務所の誰かからだろう。

「どうした？　出ないのか？」

「い、いま出ようと思ってたとこ」

織田を心配させたくはない。もしもを考えてベランダに移動し、思い切って通話ボタンを押した。

まう。流暢《りゅうちょう》だけれどどこか違和《いわ》感《かん》のある発音は、最近どこかで聞いた気がするのだが――。

「……もしもし？」

『諒？　よかった、連絡《れんらく》がついて』

「あ、あの、どちらさまですか……？」

名乗りもしない不躾《ぶしつけ》な電話だったけれど、呆気《あっけ》に取られるほどの明るい空気に気圧《けお》されてし
『あれ、僕のことわからない？　この間会ったばかりなのに』

「この間……？　あっ、か、監督《かんとく》!?」

演技がかった大仰《おおぎょう》な悲嘆《ひたん》ぶりに、はっとした。この声と喋《しゃべ》り方は映画監督のルイだ。

『正解。君にまた会いたいと思ってたんだけど、忙《いそが》しくて電話をかける暇《ひま》もなくて参ったよ』

「あの、でも、何でこの番号を？」

『君の事務所に聞いたんだ。是非《ぜひ》とも、今度僕の作品に出て欲しくてね』

「え!?　監督の作品にですか!?　無理ですよ、俺なんか！　演技の勉強なんてしたことないで
すし！」

ルイは本気で諒を役者として使う気なのだろうか。しかし、ただのリップサービスのために
わざわざ自分に電話をかけてくるとは思えない。

『大丈夫《だいじょうぶ》、みんな初めは素人《しろうと》だよ。基本から僕が指導してあげるから。残念なことに明日帰国
しなくちゃいけないんだ。その前に一度会ってゆっくり話をしたいんだけど――』

「あっ、何するんだよ！」

ルイの言葉が途切《とぎ》れたのは、携帯電話を取り上げられたせいだ。振り返ると、さっき以上に不機嫌《ふきげん》な顔になった織田が立っていた。

「ルイ、諒に連絡を取るときは俺を通せと云っただろう。明日お前が発《た》つ前に会いに行ってやるから、ランチは空けておけ。こっちから連絡するまで大人しくしてろよ」

織田は最後にフランス語らしき言葉で口早に捲《まく》し立て、電話を切ってしまった。

「ちょっ…何勝手に……！」

「隙《すき》を見せたら食われるって云っただろう。それとも、お前はあいつのほうがいいっていうのか？」

「…………」

どうも、織田は本気でルイに嫉妬《しっと》しているらしい。しばらく放っておきたい気もしたけれど、本格的に機嫌を損《そこ》ねられたら厄介《やっかい》だ。

「――バカだなぁ」

子供っぽいヤキモチに、諒は小さく笑う。そして、乱暴に織田の胸《むな》ぐらを摑《つか》んで引き寄せると、への字に曲がった薄《うす》い唇《くちびる》に口づけた。軽く吸い上げ、ちゅ、と音を立てて唇を離す。

「……こんなことしたいと思うのはあんただけだって」

「いまのじゃよくわからなかったな」

などと云いつつ、織田の顔からは不機嫌な表情は綺麗さっぱり消えている。

(何つーか、バカップルだよな俺たちって)

お互《たが》いの反応に苦笑いしつつ、踵《かかと》を上げて顔を近づける。

「仕方ねぇな。出血大サービスだからな」

そう云って、再び唇を重ねてやった。

恋するカラダ

「お風呂《ふろ》、お先に」

伊吹《いぶき》は濡《ぬ》れた髪《かみ》を拭《ふ》きながら、弘嗣《ひろつぐ》の部屋に戻《もど》って声をかけた。

「ん、おかえり」

ベッドに寝転《ねころ》がってマンガ雑誌を読んでいた弘嗣は、おもむろに脇《わき》に用意していた着替《きが》えを手に起き上がる。

「俺も入ってくるか」

「あ、そうだ。シャンプーがなくなりかけてたんだけど、詰《つ》め替《か》えるのってどこに置いてあるんだ？」

「いつものとこにないなら買い置きがないんだろ。明日買いに行ってくるよ」

弘嗣は受け答えをしながら伊吹の横をすり抜《ぬ》けて部屋を出ていこうとしたけれど、ドアのところで足を止め、振《ふ》り返って一言忠告してきた。

「今日はこないだみたいに先に寝《ね》るなよ」

「……この間はレポートで疲《つか》れてたんだよ」

先日泊《と》まりにきた日のことを云《い》っているのだろう。今日のように先に風呂をもらい、この部屋で弘嗣が戻ってくるのを待っていたら眠《ねむ》ってしまった。

あのときはレポートの提出日がいくつも重なっていたせいで寝不足《ねぶそく》で、気がついたら朝になっていたのだ。

弘嗣も仕方ないと云ってくれていたけれど、内心では拗《す》ねていたのかもしれない。

「今日だって疲れてんだろ。目が眠そうだ」

「大丈夫《だいじょうぶ》だって。いいから、早く風呂入ってこい！」

弘嗣の背中を押して、部屋から強引《ごういん》に追い出した。実際、一日立ちっぱなしで疲れきっていたけれど、子供扱《あつか》いはされたくない。

(俺のほうが年上だっていうのに……)

自分でも頼《たよ》りがいがあるとは思わないけれど、それなりにしっかりしてると自負しているのだが。それに疲れていると云うなら、弘嗣だって同じだ。

何故《なぜ》なら今日は、洋菓子《ようがし》店にとって繁忙《はんぼう》期の一つであるバレンタインデーだからだ。朝から晩まで、入れ替わり立ち替わりやってくる大勢の客の対応に追われていた。

弘嗣も学校から帰ってきてからずっと立ちっぱなしだったはずなのに、疲れた様子を見せないのは若いからだろうか。

そんなこんなでパティスリー・アプリコットのバレンタイン商戦は、やっと今日で終わりを告げた。来月にはホワイトデーも待ち構えているのだが、しばらくはのんびりできるはずだ。

(結局、バレンタインのプレゼントは何も用意できなかったなぁ……)

弘嗣と正式につき合い始めて、約一月《ひとつき》半。クリスマスを除けば、イベントらしいイベントを初めて迎《むか》えたわけだが、どうすべきか悩《なや》んでいるうちに当日が来てしまった。

チョコレートを用意しておこうかとも考えたのだが、まずどこで買うかで悩んだ。実家がパティスリーをしているため、他《ほか》のメーカーのものを買う気にはなれなかった。だが、兄の手作りを買って渡《わた》すのも微妙《びみょう》なところだった。

手作りをしようかとも思ったのだが、毎日の食事作りはしていても菓子《かし》を作ったことは一度もない。いっそ、兄に手解《てほど》きを受けることも考えたけれど、弘嗣とそういう関係になったことが知られているだけで気まずいため、とうとう今日まで云い出せなかった。

(……まあ、女の子のイベントみたいなもんなんだから、別にいいよな……?)

今日も弘嗣目当てに店にやってくる女の子たちがたくさんいたけれど、クリスマス同様、一つもチョコレートを受け取ろうとはしなかった。クリスマスのときは無理矢理《むりやり》置いていった子も、つき合っている人がいると弘嗣が云うと大人しく諦《あきら》めて帰って行った。

「何であんなにモテんだよ」

昼間の光景を思い出して、伊吹は大きなため息をつく。

彼女たちのあしらい方も堂に入っていたから、ああいったことは以前からよくあるのだろうが、学校でどんな態度を取っているのか気になってしまう。

確かに、派手さはないけれど、弘嗣はカッコいいと思う。無愛想だけど優《やさ》しいし、気も利《き》く。何よりも誠実で真面目《まじめ》なところが好感度が高いのかもしれない。

「……って、どう考えても身内の欲目が入ってるよな……」

あまり認めたくはないけれど、自分は相当弘嗣のことが好きなのだろう。昔から可愛《かわい》がってきた従弟《いとこ》とは云え、高評価にもほどがある。

(俺ってかなり恥《は》ずかしい人間だったんだな……)

恋《こい》は盲目《もうもく》と云うけれど、恋だとわかる前からすでに盲目だったようだ。恥ずかしさでベッドに背中から倒《たお》れ込んだ伊吹は、本棚《ほんだな》の上に見慣れないものが置いてあることに気がついた。

「ん？」

リボンのかかった小さな包みは、どうみてもバレンタインのプレゼントに見える。誰《だれ》からも受け取らないと豪語《ごうご》していたはずなのに、何故そんなものが伊吹の目から隠《かく》すような場所に置いてあるのだろうか。

ベッドから起き上がり、本棚に近づく。いけないと思いつつも、その包みに手を伸《の》ばしてみた。チョコレートの香《かお》りはするけれど、どうやら市販《しはん》されていたものではないようだ。

知らない人間からもらった食べ物は食べられないと云っていた弘嗣が部屋まで持ち帰っているのだから、それなりに親しい相手からのプレゼントということになる。

胸のあたりがざわりとする。

不安と苛立《いらだ》ちが綯《な》い交ぜになったような感覚に動揺《どうよう》していたら、部屋のドアが開いた。

「……ッ」

「伊吹、人が隠しといたもん見つけんなよ」

手にしたチョコレートの小箱を元の位置に戻す余裕《よゆう》もなく、弘嗣に見咎《みとが》められてしまう。

「ご、ごめん」

「せっかく驚《おどろ》かそうと思ってたのに。まあいいや、開けてみろよ」

咄嗟《とっさ》に小箱を返そうとした伊吹は、弘嗣の言葉に目を瞬《また》いた。

「何で？」

「伊吹が開けないでどうすんだよ」

「……え？」

「何だよ、佳兄《よしにい》のほど美味《うま》くはないけど食えなくはないぜ」

「これ、お前が作ったのか⁉」

女の子からもらってきたんだと思い込んでいたけれど、弘嗣から伊吹へのプレゼントだったようだ。

「他に誰が作るっていうんだよ。レシピは佳兄に教えてもらったし、味見もしてもらったから大丈夫だと思うけど」

「……あ、ありがとう……」

判明した事実に、顔が熱くなった。自分の勘違《かんちが》いが恥ずかしくて、それをごまかすように箱にかかったリボンを解《ほど》いた。

その中には一見して素人《しろうと》が作ったとは思えないような出来のトリュフが並んでいた。伊吹がそれらに手を伸ばす前に、弘嗣が一つを摘《つま》み上げた。

「ほら、食ってみろよ」

「じ、自分で食べられる」

「いいから口開けろって」

早くと促《うなが》され、渋々《しぶしぶ》口を開くと、その中にトリュフを放り込まれた。舌の上で転がすと、ホワイトチョコレートの中からカラメル風味のクリームが溶《と》け出てくる。

「……美味《おい》しい」

ふわりと広がる優しい甘さに口元が綻《ほころ》んだ。その伊吹の様子を見て、弘嗣もほっとした顔をする。

「よかった。これで夢が叶《かな》った」

「夢？」

気恥《きは》ずかしそうに早口で云われた言葉を聞き返す。

「昔っから伊吹は、伯父《おじ》さんと佳兄の作ったケーキを食べてるときが一番幸せそうな顔してただろ。俺もいつか伊吹にそういう顔させてやるって思ってたんだ」

「もしかして、それで、兄さんの手伝いとかしてたのか……」

「まぁな。まだ全然合格点はもらえてないけど」

弘嗣がそんなことを考えて、兄の手伝いをしていたとは思いもしなかった。予想外の真実に、じんと胸が熱くなる。

菓子作りに興味を持ったのは、兄・佳久《よしひさ》のことが好きだからではないだろうかと疑ったこともある。だが、そんな不安は杞憂《きゆう》でしかなかった。

(……って、感動してる場合じゃない！)

もらうだけもらって、それでお終《しま》いにするわけにはいかない。伊吹は躊躇《ためら》いながらも、口を開いた。

「あ、あのさ……ごめん！　俺、何にも用意してないんだ……」

「いいって、期待してなかったし。伊吹、そういうの得意じゃないだろ」

「う……」

どうやら全《すべ》て見抜《みぬ》かれていたようだ。伊吹が申し訳なさに小さくなっていると、弘嗣は思わせぶりな笑《え》みを浮《う》かべて云《い》った。

「その代わり、ホワイトデーに返してくれればいいから。三倍返しでよろしくな」

「さ、三倍⁉」

いったい何をどう三倍にすればいいのだろうか？　量的な問題なのか、それとも金額的な問題なのか。そのどれもが違《ちが》う気がする。

考え込む伊吹の耳元に、弘嗣が体を屈《かが》めるようにして囁《ささや》いてくる。

「いますぐ返してくれるなら、一瞬《いっしゅん》ですむけど」

「一瞬……？」

嫌《いや》な予感がして聞き返すと、弘嗣は真顔で自分の唇《くちびる》を指先で指し示す。

「なっ……!? そ、そんなこと気安くできるわけないだろ……ッ」

むしろ、そのくらい気安くできるようにならなければならないと思うのだが、照れくささが勝って、まだそこまで思い切れない。

「気安いなんて思ってないよ。いまできないなら、三倍返し決定だな。楽しみにしてる」

「…………」

できないだろうと高を括《くく》っている弘嗣の態度が悔《くや》しい。こんなときに負けず嫌《ぎら》いの性格が出るとは、自分でも思わなかった。

無言で弘嗣の頭を摑《つか》み、力任せに引き寄せて唇をぶつけた。色気の欠片《かけら》もないキスだったけれど、一回は一回だ。

「これでいいよな」

挑《いど》むような眼差《まなざ》しで見上げると、弘嗣は小さく吹《ふ》き出した。

「何かケンカ売られてるみたいだけど、まあいいか」

尚《なお》も微《かす》かに肩《かた》を震《ふる》わせながら、甘い口づけを返してくる。チョコレート味のキスに伊吹は目《ま》蓋《ぶた》を下ろした。

あとがき

はじめましてこんにちは、藤崎都です。そして、お久しぶりです。気がついたら、前作の発売から半年近くも経《た》っていてびっくりしました。いつの間に春が過ぎ去ったのか覚えてません。最近、時間が経つのが本当に速い気がします。

今年は花粉症《かふんしょう》がいままでになく酷《ひど》かったのですが、それすらあっという間に終わったような感じです。ある意味、よかった（？）のかもしれません。

今年の夏はいまからすでにかなり暑そうな気配がしていますが、夏バテしないよう気をつけたいと思います。

さて、今回のお話は前作『とろけるカラダ』に出ていた神宮司が主人公です。前作ではむくわれなかったのですが、彼にも幸せになってもらおうと思って、このお話を書きました。

神宮司の仕事とか育ってきた環境《かんきょう》を考えたら、普通《ふつう》にカッコいい人には惹《ひ》かれないだろうなと思い、あんな出会いにしてみました。

出会い以外は、『隙《すき》一つない完璧《かんぺき》な大人』を目標に書いていたのですが、結局はいつものように好きな子に対してはヘタレな攻《せめ》になってしまいました…。

それは私がヘタレ好きだからなのか、それとも、私がヘタレだからなのか……。とりあえず、二人が収まるところに収まってくれて、ほっとしてます。でもきっと、織田は神宮司の尻《しり》に敷《し》かれるんだろうなぁ。ケンカとかしたら、きっと先に折れるのは織田ですよね。

ちなみに、映画監督《かんとく》の彼は本当の脇役《わきやく》のつもりで出したのに、自分で思ってた以上にキャラが立ってしまって困りました。あまり二人の邪魔《じゃま》はしないでもらいたいのですが、ちょっかいを出すのが好きそうな人なので、トラブルメイカーになりそうな気がします。

そんなこんなお話でしたが、少しでもお気に召《め》していただけたなら幸いです。


――と、締《し》めに入りたいところですが、ええと、今回はなんと、あとがきに五ページもいただいてしまったので、近況《きんきょう》などで埋《う》めてみようかと思います……。

最近の私の中の大事件は、とうとうお仕事用のPCが壊《こわ》れたことです。起動した途端《とたん》、「ばちんっ」という恐《おそ》ろしい音を立てて画面が真っ黒になり、うんともすんとも云《い》わなくなったときは血の気が引きました……。

泣きそうになりながら再起動したら、不穏《ふおん》な音を立てながらも何とか動いてくれたので、恐る恐る予備のノートPCにデータを移しました。それでも、長時間はつけてられないので、地道に少しずつやってます。不幸中の幸いで、書いてる最中だった原稿《げんこう》は無事でした。バックアップの大切さを身を以《もっ》て思い知りました。大事なデータはすぐに保存しないとダメですね。

不具合と云えば、私自身も肩《かた》こりが酷くなってきたので、友人に紹介《しょうかい》してもらった鍼《はり》・灸《きゅう》に行ってみました。

運動不足でカチコチになった体が解《ほぐ》れればいいなと思ってたのですが、先生に大昔に鞭打《むちう》ちになったあとや捻挫《ねんざ》のあとなどを指摘《してき》されてびっくりしました。触《さわ》っただけでわかるなんてすごい！　そういうところが弱くなってて負担がかかってるんだよと云われて、なるほどと思いました。

……色々と気をつけたいと思います。

今後の私のスケジュールですが、二〇〇九年十月から三ヶ月連続で新刊が出る予定になっております。

学生×警察官や、年下攻リーマンものなどの予定です。発売が近くなりましたら、書店さんなどでチェックしてみて下さいね！

最後になりましたが、お世話になりました皆様《みなさま》にお礼申し上げます。

お忙《いそが》しい中、素敵《すてき》なイラストを描《えが》いて下さいました陸裕千景子先生には、心よりお礼申し上げます。凛々《りり》しくて可愛《かわい》い神宮司に加え、男前で大人の色気溢《あふ》れる織田にドキドキしました。表紙もとても華《はな》やかで感動しました。本当にありがとうございました！

毎度のことながら、担当さんにもお世話になりました。ご迷惑《めいわく》をかけている立場で云うのも何ですが、あまりの多忙《たぼう》さにいつか倒《たお》れるんじゃ…とハラハラしています。たまには仕事をしない休日を作って、体を休めて下さいね。

そして、この本をお手に取って下さった皆様にお礼申し上げます。最後までおつき合いいただき、本当にありがとうございました。拙作《せっさく》は少しでも楽しんでいただけたでしょうか？　お気に召していただけたのなら嬉《うれ》しいです。

ご感想のお手紙を下さった皆様もありがとうございました！　一人でPCに向かっている時間が長いので、いただいたお手紙を読ませていただくのが励《はげ》みになっています。お返事がなかなか書けないのが心苦しいのですが、本当に嬉しく思ってます。

それでは、またいつか貴方《あなた》にお会いすることができますように♥

二〇〇九年六月

藤崎　都

KADOKAWA RUBY BUNKO

溺《おぼ》れるカラダ

藤崎《ふじさき》　都《みやこ》

角川ルビー文庫　R78-37　　15816

平成21年8月1日　初版発行

発行者——井上伸一郎
発行所——株式会社角川書店
東京都千代田区富士見2-13-3
電話/編集(03)3238-8697
〒102-8078
発売元——株式会社角川グループパブリッシング
東京都千代田区富士見2-13-3
電話/営業(03)3238-8521
〒102-8177
http://www.kadokawa.co.jp
印刷所——暁印刷　製本所——BBC
装幀者——鈴木洋介

ISBN978-4-04-445542-2　C0193　定価はカバーに明記してあります。

KADOKAWA RUBY BUNKO

角川ルビー文庫

いつも「ルビー文庫」を
ご愛読いただきありがとうございます。
今回の作品はいかがでしたか?
ぜひ、ご感想をお寄せください。

〈ファンレターのあて先〉

〒102-8078 東京都千代田区富士見2-13-3
角川書店 ルビー文庫編集部気付
「藤崎 都 先生」係

思っていた以上に適性があるみたいだな。
――それとも、俺と相性がいいのか？
もっといじめて
サド気質なカメラマン×M属性な配達ドライバーの
初めてだらけなラブ・レッスン!?
藤崎都
イラスト
桜城やや
有名写真家・千石への届け物を
破損させてしまった配達ドライバーの基樹。
代償に求められたものは…？

角川ルビー文庫

その男、侵入禁止！

成宮ゆり

15867